SANDITON

ALMA CLÁSICOS ILUSTRADOS

SANDITON

Jane Austen

Traducción de Laura Fernández
Prólogo de Olga Merino

Ilustrado por
Giselfust

Título original: *Sanditon*

© de esta edición:
Editorial Alma
Anders Producciones S.L., 2023
www.editorialalma.com

 @almaeditorial

© de la traducción: Laura Fernández, 2023

© del prólogo, Olga Merino, 2023

© de las ilustraciones: Giselfust, 2023.
Ilustradora representada por IMC Agencia Literaria.

La reproducción de las imágenes del manuscrito original de Jane Austen son gentileza de la *Provost and Fellows of King's College,* Cambridge.

Diseño de la colección: lookatcia.com
Diseño de cubierta: lookatcia.com
Maquetación y revisión: LocTeam, S.L.

ISBN: 978-84-18933-70-7
Depósito legal: B13400-2023

Impreso en España
Printed in Spain

Este libro contiene papel de color natural de alta calidad que no amarillea (deterioro por oxidación) con el paso del tiempo y proviene de bosques gestionados de manera sostenible.

ÍNDICE

Premoniciones de arena

Jane Austen (Steventon, Hampshire [Inglaterra], 1775-Winchester, Hampshire, 1817) comenzó a escribir su última e inconclusa novela el 29 de enero de 1817, como atestigua el manuscrito custodiado en el King's College de la Universidad de Cambridge, cuya primera página se reproduce en este cuidado volumen. Austen no le puso nombre; se refería al proyecto como *Los hermanos,* en alusión a dos de sus personajes. Tampoco lo hizo su hermana Cassandra, quien lo transcribió letra por letra mucho después de su fallecimiento (la copia se conserva en la Casa Museo de Jane Austen en Chawton). Fueron los herederos, la familia, quienes asentaron el título de *Sanditon,* el pueblecito costero donde transcurre la acción, para este arranque de novela que la autora acometió con un arrojo mental y físico extraordinarios. Aunque estaba gravemente enferma, al borde de la muerte, doce capítulos culminados en un mes y medio representan un ritmo de trabajo bastante satisfactorio. Escribió el último renglón el 18 de marzo de 1817 y falleció cuatro meses después de haber arrinconado el cuadernillo del borrador, a los 41 años. En el mes de mayo, ya asomaba el desenlace fatal: «Llevo confinada en la cama desde el 13 de abril —reconoce en una carta a su amiga Anne Sharp—, y solo la abandono para trasladarme al diván». Sanditon vio la luz en 1925 con el título de *Fragmentos de una novela,* editada por el académico Robert William Chapman.

Mucho se ha especulado sobre las causas de la muerte, pero dos parecen ser las dolencias más plausibles. En 1964, en un artículo publicado en el *British Medical Journal,* Zachary Cope le diagnosticó en retrospectiva la enfermedad de Addison, un trastorno de las glándulas suprarrenales. El mal, según Cope, le habría ocasionado molestias gástricas, fiebre, languidez y la decoloración de la piel de las que se quejaba en su correspondencia. Sin embargo, la historiadora médica Annette Upfal se decantó en 2005, en la misma revista, por que Austen hubiera sufrido la enfermedad de Hodgkin, un tipo de cáncer que ataca a los linfocitos, que entonces ni se detectaba ni se trataba.

Si los últimos años fueron una batalla tenaz con una salud cada vez más precaria, no es de extrañar, pues, que la enfermedad ocupe en la novela inacabada un lugar primordial. Sanditon es un pueblo de pescadores ficticio situado en la costa de Sussex, que dos especuladores, el señor Parker y lady Denham, aspiran a transformar en una especie de ciudad balneario donde afluyan personas de la mejor posición y pedigrí con el fin de recuperarse de sus achaques a base de brisa y mar, un proyecto urbanístico destinado a hacerles la competencia a otras localidades ya establecidas —Brighton, Eastbourne o Worthing— como centros de reposo. Durante el siglo XVIII se habían puesto de moda los baños en agua salada a lo largo de toda la costa de Inglaterra, desde Blackpool hasta Scarborough.

A pesar de la sombra mórbida que planea sobre Sanditon, Austen no construye un relato quejumbroso ni doliente ni oscuro, sino todo lo contrario: desenfunda el sable de su afilada ironía y una comicidad con las que parece retrotraerse a la atmósfera de sus primeros trabajos. Tres de los personajes son hipocondríacos de manual: Diana, Susan y Arthur Parker, hermanos del promotor urbanístico. Arthur, el pequeño, es en realidad un vago redomado y comilón: «Charlotte no pudo menos que sospechar que él había adoptado esa forma de vida principalmente para complacer su propio temperamento indolente, y que estaba decidido a no padecer ninguna enfermedad más que las que precisaban de estancias cálidas y una buena alimentación», dice la estupenda traducción de Laura Fernández. Por el contrario, Diana y Susan Parker, más endebles físicamente en apariencia, están atravesadas por una energía nerviosa que no saben dónde depositar —ahora reposan derrengadas sobre una *chaise longue,* pero enseguida repechan una ladera a buen paso—, y sin quehaceres ni renta holgada «parecía que las hermanas se vieran empujadas a disipar las suyas inventando extrañas afecciones». Un cuarto personaje, la señorita Lambe, una joven mulata procedente de las Antillas, enfermiza, delicada y friolera, toma píldoras vigorizantes y vive bajo «el constante cuidado de un doctor con mucha experiencia».

Nos encontramos, pues, frente a una escritora al borde de la muerte que, sin embargo, aborda la enfermedad como un divertimento, casi en tono de burla. La escritora británica Margaret Drabble se pregunta si Jane Austen trataba de infundirse ánimos, si se reía de sí misma o bien si la continua presencia de médicos alrededor convirtió la preocupación por la salud en materia narrativa irresistible. Desde luego, la escritora estaba avezada en la brega con enfermos imaginarios, pues las dolencias de su propia madre, otra aprensiva de pro, obligaban a sus hijas a mimarla como a una flor de invernadero. «Quizá *Sanditon* fue una ironía final a expensas de su madre —razona Drabble—. Ciertamente, Jane Austen sobrellevó su propia enfermedad con entereza, a menudo fingiendo sentirse mejor, cuidando de no ocupar el lugar de su madre en el sofá, y la escritura de *Sanditon* se antoja como un acto de valentía».

La novela incompleta que nos ocupa es la única en la producción austeniana que no incluye una «country house», una mansión rural de abolengo aristocrático como pivote estable y centro neurálgico de la vida social. A diferencia de *Orgullo y prejuicio* (1813) o *Mansfield Park* (1814), no emergen aquí un palacio, un castillo o una vieja heredad, ni las familias siguen el plácido minué de sus rutinas, a menudo sacudidas por la excitante aparición de un extraño. Al contrario, en *Sanditon* la mayoría de los personajes son forasteros que revolotean como abejas de aquí para allá sin un propósito claro. Parece que la presencia del mar diluye tanto las identidades como el andamiaje novelesco: no se perfilan una heroína clara (tal vez

Charlotte Heywood, la observadora distante) ni héroe ni se vislumbran campanas de boda. Se trata de una sociedad sin pegamento, sin la argamasa que la sostiene. Tony Tanner, uno de los más conspicuos expertos en la obra de Jane Austen, se fija en la etimología del topónimo: Sanditon o Sandy Town; o sea, una ciudad hecha de volátil arena. En la localidad balneario medio en construcción, que busca inquilinos a la desesperada, la coherencia del orden social se ha derrumbado. Como bien señala la escritora mexicana Margo Glantz, «los valores de la clase hasta entonces dominante, la terrateniente, han dejado de estar vigentes y han dado entrada a lo que sería más tarde la sociedad de consumo, la sociedad en la que ahora estamos viviendo y que Austen prefigura con precisión asombrosa en esta novela». En efecto, los personajes ya no discuten sobre propiedades, tierras y antiguas plantaciones coloniales en torno a las mesas de té, sino sobre inversiones prometedoras, especulación, alza de precios, expansión, cambio, crecimiento poblacional, exigencias salariales de la servidumbre. Un cambio drástico que Jane Austen escudriña también con su proverbial ironía; ante un escaparate de Sanditon, que exhibe por primera vez zapatos azules y botas de nanquín, el señor Parker, el emprendedor, exclama henchido de satisfacción: «¡Es la civilización, por fin un poco de progreso! [...] ¡Qué maravilla! Creo que ya puedo decir que he hecho mi aportación en esta vida...». Una novela fragmentaria sobre una sociedad fragmentaria. Algunos estudiosos aventuran que, con los doce capítulos de *Sanditon,* Jane Austen estaba abandonando el escenario sobre el que solía escribir para inaugurar como escritora un nuevo territorio literario. Sagaz observadora, sabe que los tiempos están cambiando en 1817, que la Inglaterra de la Regencia —cimentada en la aristocracia, la *gentry* y la posesión de tierras— se tambalea tras las guerras napoleónicas, abriendo paso a una fase economicista, espoleada por el salto hacia delante de la revolución industrial. El capitalismo rampante calentaba motores.

Tras el fallecimiento de Jane Austen, el 18 de julio de 1817, al menos siete escritores han intentado desarrollar el argumento de *Sanditon.* De entre las intentonas, tal vez la más conocida sea la de su sobrina Anne Austen Lefroy (1793-1872), quien pudo conversar con la autora acerca de los personajes, pero que también dejó la novela inconclusa, quizá en un sutil homenaje a su tía (se supo de la existencia del manuscrito en 1977, cuando se puso a subasta en Sotheby's). En tiempos más recientes, se publicaron la peculiar versión de Alice Cobbett, subtitulada *Somehow Lengthened* (1932), donde la autora salpimenta la trama con naufragios y contrabandistas; y *A Cure for All Diseases* (2008), a cargo del escritor de novela negra Reginald Hill, quien traslada la acción y los personajes a la localidad de Sandytown, en el condado de Yorkshire.

Con todo, prefiero leer en su vibrante desnudez a una creadora tan «modesta» que decía escribir sobre un pequeño pedazo de marfil y con un pincel muy fino, «trazos delicados apenas visibles después de una gran labor». Con acierto, la profesora y escritora chilena Cecilia García–Huidobro compara la prosa de Jane Austen con la sutileza de una acuarela de J. M. Turner —ambos nacieron curiosamente en 1775—. La escritora instala sus relatos en la campiña inglesa, pero, a diferencia del pintor, ella se ocupa del paisaje humano, desde donde desovilla las intrincadas relaciones sociales. Fue una de las grandes, y el crítico Harold Bloom la emparenta con los mejores linajes: «Austen es la hija de Shakespeare: sus heroínas desafían las contingencias de la historia y sus heroínas se cuentan entre las muy escasas imágenes de libertad interior». *Sanditon* es un regalo póstumo para austenitas.

OLGA MERINO

Mientras Jane Austen escribe *Sanditon,* una historia fresca, alegre y desenfadada, empieza a enfermar de manera grave. Esta contradicción es tan poderosa que he querido compartirla visualmente en la secuencia de ilustraciones.

Tiene un punto poético escribir tu última novela, refugiándote en los diálogos de un paseo por los acantilados, mientras te encuentras tan cansada y enferma que tienes que dejar de escribir.

Las imágenes de *Sanditon* se convierten poco a poco en las imágenes de la propia Jane Austen hasta el día que abandona la novela para despedirse de este mundo.

GISELFUST

A Gentleman & Lady travelling from Tunbridge towards that part of the Sussex
Coast which lies between Hastings &
E Bourne, being induced by Business to quit
the high road, & attempt a very rough Lane,
were overturned in
toiling up its long ascent — the accident
happened just beyond the only Gentleman's
House near the Lane — the House, which
their Driver on being required to take that
direction, had conceived to be necessarily their
object & had with most unwilling Looks
been constrained to pass by —
He had grumbled & shaken his shoulders so
much indeed
that he might have been open to
the suspicion of overturning them on pur-
pose (especially as the Carriage was not
the Gentleman's own) if the road had not
indisputably become considerably
worse than before, as soon as the
premises of the said House were
passed by
most intelligent
that beyond it no wheels but Cart
wheels could safely proceed.
that Loveliness was
complete.

*Primera página del manuscrito original de *Sanditon*.

Capítulo I

Un caballero y una dama que viajaban de Tunbridge hasta esa parte de la costa de Sussex que se extiende entre Hastings y Eastbourne, obligados por sus intereses a abandonar la carretera principal y adentrarse por un camino muy accidentado, terminaron volcando cuando ascendían penosamente por la larga cuesta de un terreno rocoso y arenisco. El accidente ocurrió justo después de pasar junto a la única casa distinguida próxima al camino; una casa que el cochero, cuando le habían solicitado que se dirigiese en esa dirección, había imaginado que sería su destino, pero que se había visto obligado a dejar atrás evidentemente contrariado. Tanto había refunfuñado y se había encogido de hombros, y había compadecido a los caballos y tirado de las riendas con tanta fuerza, que se le podría haber considerado sospechoso de hacerlos volcar a propósito (en especial teniendo en cuenta que el carruaje no era propiedad de su señor) de no haber sido porque sin duda el camino empeoraba al dejar atrás los terrenos de la casa, y había expresado con severo semblante que pasado ese punto solo las ruedas de carro podrían continuar el recorrido con seguridad. La gravedad de la caída quedó amortiguada por el lentísimo ascenso del vehículo y la estrechez del camino; y cuando el caballero logró salir del coche y ayudó a su acompañante, enseguida se dieron cuenta de que ninguno de los dos se había hecho mucho más que algún rasguño. Sin embargo, cuando salía del vehículo, el caballero advirtió que se había torcido el tobillo, y en cuanto se dio cuenta se vio obligado enseguida a dejar de regañar al cochero y de alegrarse por su esposa y por él, pues, incapaz de permanecer más tiempo en pie, no le quedó otro remedio que sentarse en la orilla del camino.

—Algo no va bien —advirtió llevándose la mano al tobillo—. Pero no te preocupes, querida —añadió mirando a su esposa con una sonrisa—, porque esto no podría haber ocurrido en mejor lugar. Es un mal menor. Quizá haya sido lo mejor. Enseguida conseguiremos auxilio. Imagino que allí hallaré mi cura —añadió señalando el elegante extremo de una casita que anidaba muy pintoresca entre los árboles del bosque, en lo alto de una colina, a cierta distancia—. ¿No crees que promete ser el lugar perfecto?

Su esposa deseaba con todas sus fuerzas que así fuera, pero seguía allí plantada, aterrorizada y nerviosa, incapaz de hacer o sugerir nada, hasta que empezó a sentirse aliviada de verdad cuando advirtió que un grupo de personas venían en su auxilio. Por lo visto habían presenciado el accidente con toda claridad desde un campo de heno colindante a la casa que habían dejado atrás. Y las personas que se acercaban eran un hombre apuesto y robusto de mediana edad con aspecto de caballero, el propietario de la casa, que se encontraba con sus labradores en el momento del accidente, y tres o cuatro de los trabajadores más fornidos, que habían acudido al llamamiento de su señor, por no hablar del resto de hombres, mujeres y niños que se encontraban en el campo no muy lejos de allí.

El señor Heywood, pues así se llamaba dicho propietario, se acercó a ellos saludando con mucha educación, mostrándose muy preocupado por el accidente y bastante sorprendido de descubrir que alguien hubiera tratado de transitar ese camino en carruaje y ofreciéndose a ayudar como pudiera. Sus cortesías fueron recibidas con excelente educación y gratitud, y mientras uno o dos de los hombres se ofrecían para ayudar al cochero a enderezar el vehículo, el viajero apuntó:

—Es usted extremadamente amable, señor, y acepto su ofrecimiento. Diría que la lesión que tengo en la pierna es insignificante. Pero ya sabe que en estos casos siempre es mejor pedir la opinión de un médico sin dilación; y como el camino no parece en condiciones para que yo pueda levantarme y llegar a su casa por mis propios medios, le agradeceré que mande a uno de sus hombres a buscar al cirujano.

—¿El cirujano, señor? —se sorprendió el señor Heywood—. Me temo que no encontrará ninguno por aquí, pero me atrevería a asegurar que no nos hará ninguna falta.

—No, señor, si el cirujano no está disponible, me apañaré con el consejo de su ayudante, incluso mejor aún. En realidad preferiría que me visitara este último. Estoy convencido de que alguno de estos hombres podrá traerlo en un par de minutos. No necesito preguntar dónde vive —comentó mirando hacia la casita—, pues a excepción de la suya, no hemos pasado junto a ninguna otra que pueda considerarse la morada de un caballero.

El señor Heywood se quedó muy asombrado, y respondió:

—¡Pero señor! ¿Espera usted encontrar un cirujano en esa casa? Le aseguro que no disponemos de cirujano ni de practicante en esta parroquia.

—Disculpe, señor —repuso el otro—. Lamento dar la impresión de contradecirle, pero quizá usted no sepa de su existencia dada la extensión de la parroquia o debido a alguna otra causa. Espere... ¿Acaso me estoy equivocando de pueblo? ¿Esto no es Willingden?

—Sí, señor, esto es Willingden.

—En ese caso, señor, puedo proporcionarle pruebas de que hay un cirujano en la parroquia, lo sepa usted o no. Tenga —añadió sacándose la cartera del bolsillo—; si es usted tan amable de examinar estos anuncios que recorté yo mismo del *Morning Post* y del *Kentish Gazette* precisamente ayer por la mañana en Londres, creo que se convencerá de que no hablo por hablar. Entre ellos encontrará la comunicación de la disolución de una compañía médica en esta parroquia: gran experiencia, reputación intachable y referencias respetables; por lo visto uno de ellos desea establecerse por su cuenta. Aquí puede leer todos los detalles, señor —dijo ofreciéndole los dos pequeños recortes rectangulares.

—Señor —contestó el señor Heywood con una afable sonrisa—, aunque me enseñara todos los periódicos que se publican en una semana en todo el

reino, no me convencería de que hay un cirujano en Willingden. Llevo aquí toda mi vida y ya tengo cincuenta y siete años, por lo que me parece que conocería a esa persona. Por lo menos podría afirmar que no tiene muchos pacientes. Lo que está claro es que si hubiera más caballeros que se aventurasen a subir por este camino en silla de postas, no sería una mala idea que un cirujano se instalara en lo alto de la colina. Pero por lo que respecta a esa casita, puedo asegurarle, señor, que, a pesar del aire distinguido que se aprecia a esta distancia, es una vivienda doble como cualquiera de las que abundan en la parroquia, y que a un lado vive mi pastor, y al otro, tres ancianas.

Tomó los recortes mientras hablaba y, después de examinarlos por encima, añadió:

—Me parece que puedo explicárselo, señor. Se ha equivocado usted de pueblo. Existen dos Willingden en estos lares. Y su anuncio se refiere al otro, que es Great Willingden o Willingden Abbots, y se encuentra a diez kilómetros de aquí, pasado Battle, en la parte más baja del Weald. Y nosotros, señor —añadió con evidente orgullo—, no estamos en el Weald.

—No me cabe duda de que no se hallan en el Weald —repuso el viajero con tono afable—. Hemos tardado más de media hora en subir su colina. En fin, señor, me temo que lleva usted razón y he cometido un error absurdo y garrafal; fue cosa de un momento. No reparé en estos anuncios hasta que estábamos a punto de abandonar Londres, en medio de la confusión y el alboroto que siempre acompaña a una estancia corta en la ciudad. Uno nunca consigue terminar nada hasta que el coche ya está preparado en la puerta, por lo que me conformé con hacer una breve averiguación, y cuando descubrí que íbamos a pasar a dos o tres kilómetros de Willingden, no seguí indagando. Querida mía —siguió diciendo dirigiéndose a su esposa—, lamento mucho haberte metido en este lío. Pero no quiero que te preocupes por mi pierna. Si no la muevo no me duele nada. Y en cuanto estas personas tan amables consigan enderezar el carruaje y dar la vuelta a los caballos, lo mejor que podemos hacer es volver sobre nuestros pasos hasta la carretera de peaje, dirigirnos hacia Hailsham y continuar hasta nuestro hogar sin intentar nada más. Desde Hailsham llegaremos a casa en dos horas, y ya sabes que una vez en casa ya tendremos el remedio a mano.

Un poco de nuestra vigorizante brisa marina enseguida me volverá a poner en pie. Puedes estar segura de que todo cuanto necesito es el mar. La brisa salada y algunas inmersiones. Ya lo estoy notando.

El señor Heywood intervino con gran amabilidad y trató de convencerlos de que no pensaran siquiera en marcharse hasta que alguien le examinara el tobillo y hubieran tomado algún refrigerio, y les ofreció su casa con gran cortesía para ambos propósitos.

—Siempre tenemos todo lo necesario para tratar torceduras y magulladuras —afirmó—. Y no me cabe duda de que mi esposa y mis hijas les ayudarán en todo lo que puedan.

Uno o dos pinchazos de dolor al tratar de mover el pie predispusieron al viajero a considerar, con mayor entusiasmo que al principio, la posibilidad de recibir ayuda inmediata y, tras consultarlo con su mujer con brevedad reconociendo: «En fin, querida, me parece que será lo mejor», se volvió hacia el señor Heywood para decir:

—Antes de aceptar su hospitalidad, señor, y con el fin de disipar la posible mala impresión que pueda haberse llevado a causa del altercado en el que me encuentro, permítame que nos presentemos. Me llamo Parker, soy el señor Parker, de Sanditon; esta dama es mi esposa, la señora Parker. E íbamos de regreso a casa desde Londres. Es posible que mi nombre no sea conocido a esta distancia de la costa, aunque en ningún caso soy el primer miembro de mi familia que posee propiedades en la parroquia de Sanditon. Pero todo el mundo ha oído hablar de Sanditon, pues es un joven y prometedor pueblo costero, sin duda el favorito de todos los que se hallan en la costa de Sussex, el más favorecido por la naturaleza y el que promete convertirse en el preferido de todo el mundo.

—Claro que he oído hablar de Sanditon —admitió el señor Heywood—. Cada cinco años uno oye hablar de algún nuevo pueblecito costero que se ha puesto de moda. ¡Lo que me asombra es que más de la mitad estén llenos! ¿De dónde sale la gente con dinero y tiempo para visitarlos? No creo que sea bueno para el país, sin duda encarecerá el precio de las materias primas y dejará sin trabajo a los pobres; seguro que estará de acuerdo conmigo, señor.

21

—¡En absoluto, señor, de ninguna manera! —repuso con vigor el señor Parker—. Le aseguro que es todo lo contrario. Es una idea muy extendida, pero completamente equivocada. Quizá sea aplicable a poblaciones extensas y muy pobladas como Brighton, Worthing o Eastbourne, pero no a un pueblo pequeño como Sanditon, protegido por su tamaño de experimentar ninguno de los males de la civilización, mientras el crecimiento de su población, los edificios y jardines, la demanda de cualquier cosa y la continua afluencia de personas de la mejor posición, y las familias de excelente reputación que siempre son una bendición allá donde vayan, estimulan la actividad de las personas con menos recursos y difunden las comodidades y las mejoras entre personas de cualquier condición. No, señor, le aseguro que Sanditon no es un lugar...

—No pretendía despreciar ningún lugar en particular —respondió el señor Heywood—. Solo pienso que nuestra costa está demasiado llena de lugares como ese. ¿Pero no será mejor que le llevemos a...?

—¿Que nuestra costa está demasiado llena? —insistió el señor Parker—. Quizá no estemos del todo en desacuerdo en ese sentido. Hay que admitir que ya hay suficientes sitios como ese. Nuestra costa es muy extensa, pero no necesita más. Hay oferta para satisfacer los gustos y las finanzas de todo el mundo. Y las buenas gentes que siguen invirtiendo en ellos, en mi opinión, están cometiendo un error absurdo y pronto descubrirán que son los únicos culpables de sus propios cálculos erróneos. Pero créame cuando le digo, señor, que Sanditon era un lugar deseado y necesario. La naturaleza lo había señalado, lo había dotado de las bondades más evidentes. Allí sopla la brisa marina más agradable y pura de toda la costa —así lo reconocen quienes pasan por allí—, se dan unas condiciones excelentes para el baño, la arena es fina y dura, hay aguas profundas a diez metros de la orilla, y no hay barro, ni algas, ni rocas resbaladizas. No existe ningún rincón tan bien diseñado por la naturaleza para la recuperación de los enfermos, ¡es el lugar que tantas personas necesitaban! ¡Y a la distancia perfecta de Londres! Está un kilómetro y medio más cerca que Eastbourne. Piense en las ventajas de ahorrarse un kilómetro y medio en un viaje. Sin embargo, Brinshore —pues imagino que es en esa población en la que está pensando usted—, los intentos de los dos o tres especuladores que este año han tratado de levantar algo en esa aldea insignificante, situada como está entre una marisma de aguas estancadas, un páramo lúgubre y los constantes efluvios de un risco repleto de algas putrefactas, solo pueden terminar causándoles una profunda decepción. ¿Qué puede tener Brinshore de recomendable? Allí sopla un aire completamente insalubre, sus carreteras se encuentran en un estado deplorable, las aguas son excesivamente salobres, es imposible tomarse una buena taza de té a cinco kilómetros a la redonda, y la tierra es tan yerma y desagradecida que a duras penas sirve para cultivar coles. Le aseguro, señor, que esta es la descripción más exacta de Brinshore y que no exagero ni un ápice, y si ha oído usted algo distinto...

—Señor, yo no he oído hablar de ese lugar en mi vida —dijo el señor Heywood—. No sabía ni que existía.

—¿No sabía de su existencia? ¿Lo ves, querida? —añadió volviéndose exultante hacia su mujer—. ¿Ves lo que te digo? ¡Vaya con la fama de Brinshore! Este caballero ni siquiera sabía que existía una población con ese nombre. A decir verdad, señor, creo que podemos aplicar a Brinshore el verso del poeta Cowper en el que describe a una campesina religiosa y la compara con Voltaire: «Ella, desconocida a medio kilómetro de su hogar».

—Por supuesto, aplique usted todos los versos que guste, pero permita usted que le apliquen también algo en esa pierna. Estoy convencido de que su esposa, a juzgar por la expresión de su rostro, también comparte mi opinión y piensa que es una lástima seguir perdiendo el tiempo. Por ahí vienen mis hijas para hablar en su propio nombre y el de su madre. —Precisamente en ese instante vieron cómo se acercaban, procedentes de la casa, dos o tres jovencitas de aspecto distinguido, seguidas de igual número de doncellas—. Ya me extrañaba que no se hubieran percatado del incidente. Esta clase de altercados suelen provocar mucho revuelo en un lugar tan solitario como este. Ahora, señor mío, busquemos la mejor forma de llevarlo a casa.

Las jovencitas se acercaron y añadieron todas las cortesías necesarias para secundar el ofrecimiento de su padre, y lo hicieron con la naturalidad necesaria para conseguir que aquellos forasteros se sintieran cómodos. Y dado que la señora Parker estaba extremadamente impaciente por recibir auxilio, y a estas alturas su marido parecía no menos dispuesto a obtenerlo, bastaron muy pocos reparos de cortesía; en especial porque, cuando levantaron el carruaje, descubrieron que había recibido tal impacto en un lateral que no se podía utilizar por el momento. Así pues, llevaron al señor Parker a la casa y el vehículo a una cochera vacía.

Capítulo II

La amistad que comenzó de esta forma tan peculiar no fue breve ni superficial. Los viajeros permanecieron en Willingden durante quince días, pues el esguince del señor Parker resultó ser demasiado grave como para que pudiera valerse antes por sí mismo. Había caído en muy buenas manos. Los Heywood eran una familia muy respetable y dedicaron todas las atenciones posibles con la máxima cortesía y sinceridad, tanto al marido como a la esposa. A él lo atendieron y lo cuidaron, y a ella la animaron y la tranquilizaron con suma amabilidad; y como todos los gestos de hospitalidad y amistad se recibieron como era debido, como nunca se vio mayor muestra de buena voluntad por un lado que por el otro, ni deficiencia alguna de buenos modales por parte de nadie, se acabaron tomando mucho cariño durante el transcurso de esas dos semanas.

El señor Parker no tardó en compartir con la familia todo lo referente a su carácter e historia. Como era un hombre muy extrovertido, enseguida dio a conocer todo lo referente a su persona; y cuando no hablaba sobre él, su conversación seguía proporcionando mucha información a los miembros más observadores de la familia Heywood. Y así fue como todos descubrieron el entusiasmo con el que hablaba siempre de Sanditon, un entusiasmo absoluto. Parecía vivir únicamente para y por el éxito de Sanditon como pequeño balneario de moda. Pocos años antes no había sido más que un pueblecito tranquilo y sin pretensiones, pero algunas ventajas naturales gracias a su ubicación y ciertas circunstancias accidentales lo habían llevado a valorar, tanto a él como a la otra principal inversora, la posibilidad de convertirlo en una especulación rentable, y se habían puesto manos a la obra y, después de mucho planificar y construir, de mucho elogiarlo y darle bombo, habían conseguido convertirlo en un lugar de cierto renombre, y el señor Parker apenas era capaz de pensar en otra cosa.

Los hechos que expuso de una forma más directa fueron que tenía alrededor de treinta y cinco años, que llevaba siete años felizmente casado y que le esperaban cuatro niños encantadores en casa; que procedía de una familia respetable y de renta desahogada aunque no cuantiosa; que no ejercía ninguna profesión, pues había heredado como hijo mayor la propiedad que dos o tres generaciones habían mantenido y engrosado antes que él; que tenía dos hermanos y dos hermanas, todos solteros e independientes, y que el mayor de los dos varones poseía tantos medios como él gracias a una herencia colateral.

También aclaró que el objetivo que perseguía cuando había decidido abandonar la carretera principal era encontrar al cirujano que había publicado el anuncio. No había tenido ninguna intención de hacerse un esguince en el tobillo ni infligirse ninguna otra herida por el beneficio de dicho cirujano, ni tampoco porque hubiera abrigado ningún deseo de asociarse con él, como el señor Heywood parecía inclinado a suponer. Solo se había debido al deseo de reclutar a algún médico que estableciera su consulta en Sanditon, cosa que había creído plausible conseguir en Willingden debido a la naturaleza del anuncio. Estaba convencido de que la presencia de un facultativo en Sanditon aumentaría la popularidad del lugar y que atraería un prodigioso influjo de visitantes; ya no haría falta nada más. Tenía sólidos motivos para pensar que el año anterior una familia había decidido no ir a Sanditon por ese motivo, y probablemente lo hubieran hecho muchas más. Lo pensaba incluso de sus propias hermanas, que estaban enfermas y a las que él estaba impaciente por llevar a Sanditon ese verano, pero no podía esperar que se aventurasen a instalarse en un lugar donde no pudieran disponer de asistencia médica inmediata.

Por todo ello, era evidente que el señor Parker era un hombre agradable y hogareño, amante de su esposa, sus hijos, hermanos y hermanas, y de buen corazón, generoso, caballeroso, fácil de complacer, de espíritu optimista y con más imaginación que juicio. Y era igual de evidente que la señora Parker era una mujer dulce, amable y de buen temperamento, la mejor esposa del mundo para un hombre de fuertes convicciones, pero sin la capacidad necesaria de proporcionar el punto de vista reflexivo que a veces necesitaba su esposo; y tan absolutamente dependiente de orientación en todo momento que, tanto si estaba él arriesgando su fortuna como torciéndose el tobillo, ella resultaba igual de inútil.

Sanditon era como una segunda esposa con otros cuatro hijos para él, la quería prácticamente igual y sin duda la consideraba más interesante. Podía estar hablando de Sanditon eternamente. Y no cabía duda de que tenía derecho a ello, no solo por ser el lugar donde había nacido, donde tenía sus propiedades y su hogar, sino porque era su mina, su lotería, su especulación y su pasatiempo, su ocupación, su esperanza y su porvenir. Ardía en deseos de llevar hasta allí a sus buenos amigos de Willingden, y se esforzaba por conseguirlo con tanta cordialidad y desinterés como entusiasmo.

Quería sacarles la promesa de una visita, alojar en su casa al mayor número de integrantes de la familia, que lo siguieran a Sanditon lo antes posible; y como sin duda todos gozaban de buena salud, suponía que podrían beneficiarse de las propiedades del mar. Estaba convencido de que nadie podía encontrarse verdaderamente bien, absolutamente nadie podía gozar de un estado de buena salud permanente (por muy buena apariencia que tuviera en ese momento gracias al ejercicio y el buen ánimo) sin pasar por lo menos seis semanas junto al mar cada año. La unión de la brisa marina y los baños de mar era prácticamente infalible, pues uno u otro servían para curar cualquier enfermedad estomacal, de los pulmones o la sangre. Tenían propiedades antiespasmódicas, antipulmonarias, antisépticas, antibiliosas y antirreumáticas. Nadie podía resfriarse estando junto al mar; a nadie le faltaba el apetito allí; a nadie se le ensombrecía el ánimo; a nadie le flaqueaban las fuerzas. La brisa del mar era curativa, relajante, tonificante y vigorizante, según hiciera falta en cada caso, bien lo uno o lo otro. Cuando

la brisa marina no era la solución, un baño en el mar lo arreglaba; y cuando los baños no eran el remedio más adecuado, no había duda de que la naturaleza prescribía la brisa marina como cura.

Sin embargo, su elocuente discurso no le ayudó a convencerlos. El señor y la señora Heywood nunca salían de casa. Como se habían casado muy jóvenes y tenían una familia numerosa, sus movimientos siempre se habían limitado a un círculo pequeño, y sus hábitos eran propios de personas de más edad. A excepción de los dos viajes que hacía a Londres al año para cobrar sus dividendos, el señor Heywood no se alejaba más allá de donde pudieran llevarle sus pies o su viejo y cansado caballo; y la señora Heywood solo se aventuraba a visitar de vez en cuando a sus vecinos en el viejo carruaje, que había sido nuevo cuando contrajeron matrimonio, y que habían vuelto a tapizar cuando su hijo mayor había alcanzado la mayoría de edad hacía ya diez años. Tenían una buena propiedad; lo bastante —de haber sido una familia de proporciones razonables— como para permitirse una vida de lujos y cambios digna de auténticos señores; tanto como para tener un carruaje nuevo y los mejores caminos, para poder pasar algún mes de vez en cuando en Tunbridge Wells, sufrir algún síntoma de gota y trasladarse a Bath todos los inviernos. Pero mantener, educar y vestir a catorce hijos requería un estilo de vida relajado, sosegado y prudente, y los obligaba a llevar una vida sedentaria y saludable en Willingden.

Y lo que en un principio había impuesto la prudencia, la costumbre lo había convertido en algo agradable. Nunca salían de casa y les satisfacía admitirlo. Pero lejos de desear que sus hijos hicieran lo mismo, estaban encantados de animarlos a ver mundo siempre que tuvieran la ocasión. Ellos se quedaban en casa para que sus hijos pudieran viajar; y, aunque se esforzaban para que su hogar fuera lo más acogedor posible, recibían con agrado cualquier cambio que pudiera proporcionarles contactos útiles o conocidos respetables a sus hijos e hijas. Por eso, cuando el señor y la señora Parker dejaron de solicitar una visita familiar al completo y se concentraron en llevarse solo a una de las hijas, no hallaron ninguna dificultad. Los Heywood aceptaron enseguida.

Invitaron a la señorita Charlotte Heywood, una jovencita muy agradable de veintidós años, la mayor de las hijas que seguían en casa y aquella que, siguiendo siempre las directrices de su madre, se había mostrado particularmente útil y servicial con ellos; la que más los había asistido y los conocía mejor. Charlotte sería quien fuese con ellos, gozando de una salud excelente, a bañarse en el mar y ponerse aún mejor si acaso era posible; a disfrutar de todos los placeres que Sanditon pudiera proporcionarle gracias a la gratitud de aquellos con los que viajaría; y a comprar sombrillas, guantes y broches nuevos para sus hermanas y para ella en la biblioteca,[1] cosa que el señor Parker estaba ansioso por facilitar.

De lo único que el señor Heywood se dejó convencer fue de prometer que recomendaría Sanditon a cualquiera que le pidiera consejo y de que nunca se dejaría persuadir (si es que se podía hablar del futuro con tanta seguridad) de gastar ni cinco chelines en Brinshore.

---

1   Las bibliotecas circulantes se popularizaron en los siglos xviii y xix y podían encontrarse en grandes y pequeñas comunidades. A menudo las gestionaba alguna tiendecita donde también se vendían otras cosas.

Capítulo III

Toda localidad debe tener una gran dama. La gran dama de Sanditon era lady Denham, y durante el transcurso de su viaje desde Willingden a la costa, el señor Parker le facilitó a Charlotte la descripción más detallada de dicha señora que había compartido en su vida. En Willingden ya la había mencionado en varias ocasiones, pues compartía varios negocios con la dama. Y no podría haberse extendido demasiado hablando de Sanditon sin mencionar a lady Denham. Por eso la joven ya sabía que se trataba de una anciana muy rica que había enterrado dos maridos, que conocía el valor del dinero, que era muy respetada y que tenía una prima pobre viviendo con ella; pero algunos detalles más sobre su historia y carácter sirvieron para hacer más llevadero el engorro de alguna colina particularmente larga o de ciertos tramos del camino más pesados que otros, y para ofrecer a la joven invitada una visión fidedigna de la persona con la que se iba a relacionar a diario.

De soltera, lady Denham había sido la rica señorita Brereton, nacida en el seno de una familia adinerada pero poco refinada. Su primer marido había sido el señor Hollis, un hombre con considerables propiedades en el condado, gran parte de ellas situadas en la parroquia de Sanditon, con mansión solariega incluida. Era ya mayor cuando la desposó, y ella debía de rondar los treinta. Después de cuarenta años es posible que no se entendieran muy bien los motivos que ella pudiera tener para casarse con él, pero ella cuidó tan bien de él y lo complació tanto que, cuando el señor Hollis murió, se lo dejó todo: todas sus fincas y todo lo que tenía quedó a disposición de su viuda. Tras una viudedad de varios años, la convencieron para que volviera a casarse. El difunto sir Harry Denham, de Denham Park, en la vecindad de Sanditon, logró llevársela a ella y a su gran fortuna a sus dominios, pero no consiguió el objetivo que todos le atribuían de enriquecer a su propia familia. Ella fue muy precavida y siempre mantuvo todos sus bienes bajo su control, y cuando falleció sir Harry y ella regresó a su casa de Sanditon, se decía que había alardeado ante una amiga de que «si bien no había sacado más que el título de aquella familia, por lo menos no había tenido que dar nada a cambio».

Era de suponer que se había casado por el título, y el señor Parker reconocía que ahora tenía cierto valor, cosa que explicaba la conducta de la dama.

—A veces se muestra un poco altiva —reconoció—, pero no es ofensiva; y hay momentos, ciertas ocasiones, en las que lleva demasiado lejos su amor por el dinero. Aun así, es una buena mujer, muy bondadosa; es una vecina atenta y agradable; una persona alegre, independiente y estimable cuyos defectos pueden atribuirse por completo a su falta de educación. Es una mujer con buen sentido común, pero sin cultivar. Posee una mente activa y despierta, y goza de muy buena salud para tratarse de una mujer de setenta años, además de estar dedicada al progreso de Sanditon con un espíritu verdaderamente admirable, aunque de vez en cuando incurra en alguna pequeña mezquindad. Ella no posee toda la visión de futuro que a mí me gustaría, y se alarma ante el mínimo gasto sin tener en cuenta los beneficios que le reportarán dentro de uno o dos años. Es decir, que pensamos diferente; de vez en cuando vemos las cosas de forma distinta, señorita Heywood. Pero ya sabe que es importante escuchar con cautela a cualquiera que explique las cosas desde su punto de vista. Cuando tenga la ocasión de vernos juntos, podrá usted juzgar por sí misma.

Sin embargo, no había duda de que lady Denham era una gran dama que estaba por encima de las exigencias de la sociedad, pues poseía muchos miles de libras al año que legar, y tres clases distintas de personas que la cortejaban: sus propios parientes, que como era normal deseaban hacerse con sus treinta mil libras originales; los herederos legales del señor Hollis, que debían de esperar estar más en deuda con el sentido de la justicia de la dama de lo que él les había permitido que lo estuviesen con el suyo; y los miembros de la familia Denham, para los que su segundo esposo había intentado conseguir un buena herencia. Y no había duda de que la dama llevaba mucho tiempo siendo asediada por todos ellos, o por distintas ramas de estos; y de dichas tres divisiones, el señor Parker afirmaba convencido que los descendientes del señor Hollis eran los menos favorecidos por la dama, quien sin duda prefería a los de sir Harry Denham. El señor Parker consideraba que los primeros se habían hecho un daño irreparable con las expresiones de imprudente e injustificable resentimiento tras el fallecimiento del señor Hollis; mientras que los segundos contaban con la ventaja de encarnar el recuerdo de un parentesco que ella valoraba de corazón, sumaban el hecho de que ella los conocía desde que eran niños y que siempre habían estado cerca para preservar sus intereses prestando a la dama unas atenciones razonables. Sir Edward, el *baronet* actual y sobrino de sir Harry, residía de forma permanente en Denham Park, y el señor Parker estaba bastante convencido de que él y su hermana, la señorita Denham, que vivía con él, serían los más recordados en su testamento. Y lo deseaba de corazón, pues la señorita Denham poseía una renta muy pequeña, y su hermano era un hombre pobre teniendo en cuenta su posición social.

—Es un buen amigo de Sanditon —explicó el señor Parker—, y estoy seguro de que, si de él dependiera, sus aportaciones serían tan generosas como lo es él de corazón. ¡Sería un coadjutor excelente! En cualquier caso ya está haciendo todo lo que puede, y ahora está arreglando un *cottage orné* en una lengua de tierra baldía que le ha cedido lady Denham, para el que no me cabe duda tendremos más de un candidato antes de que termine la temporada.

Hasta hacía un año, el señor Parker había considerado que sir Edward no tenía rival, que era la persona que más probabilidades tenía de heredar los bienes de la dama. Pero ahora había otra persona a la que tener en cuenta, pues lady Denham se había dejado persuadir para acoger en su casa a una joven con la que estaba emparentada. Tras haberse negado siempre a acoger a nadie y lo mucho que había disfrutado de las repetidas derrotas que había infligido a sus parientes cada vez que habían tratado de endilgarle a tal o cual jovencita como dama de compañía en Sanditon House, la dama se había traído de Londres, tras la pasada festividad de san Miguel, a la tal señorita Brereton, quien no parecía desprovista de méritos para disputarle a sir Edward los favores de la señora, y asegurarse para ella y su familia la parte de las propiedades que sin duda tenía derecho a heredar.

El señor Parker hablaba bien de Clara Brereton, y el interés de su historia aumentó mucho con la aparición de dicho personaje. Charlotte le prestaba mayor atención ahora; de pronto lo hacía con auténtico entusiasmo y diversión, mientras le escuchaba describir a la joven como una muchacha encantadora, amable, dulce y modesta que se comportaba con mucha sensatez y, sin duda, se estaba ganando el afecto de su señora gracias a su valía innata. La belleza, la dulzura, la pobreza y la dependencia no precisan de la imaginación de un hombre para despertar interés; a pesar de alguna excepción, una mujer siente empatía por otra de forma espontánea y natural. El señor Parker le relató las circunstancias que habían hecho posible que Clara fuera admitida en Sanditon, muestra sin duda del complejo carácter de la señora, esa mezcla de mezquindad, benevolencia, buen juicio e incluso generosidad que él creía ver en lady Denham.

Después de haber evitado ir a Londres durante tantos años, en especial a causa de esos primos que no dejaban de escribirle, invitándola y atormentándola, y con los que estaba decidida a mantener las distancias, lady Denham se había visto obligada a ir a la ciudad por la festividad de san Miguel convencida de que no le quedaría más remedio que permanecer allí durante al menos dos semanas. Se había alojado en un hotel, aunque hacía vida por su cuenta lo más austeramente posible para evitar la fama que tenía el establecimiento de ser sumamente caro, y pidió la cuenta tres días después para juzgar la cuantía de sus gastos hasta el momento. Tal fue la cantidad adeudada que la dama decidió no permanecer ni una hora más en el hotel, y mientras se preparaba para partir, con la rabia y el mal humor que le provocaba la certeza de haber sido víctima de una burda estafa y sin saber dónde acudir en busca de mejor trato, los primos, sus diplomáticos y afortunados parientes, que siempre parecían estar espiándola, aparecieron en ese trascendental momento y, al descubrir la situación en la que se hallaba, la convencieron para que aceptara quedarse en su casa durante el resto de su estancia, a pesar de tratarse de una humilde morada situada en una zona de Londres poco distinguida.

Y eso hizo. La dama quedó encantada con el recibimiento, la hospitalidad y la atención de todos. Descubrió que sus primos, los Brereton, eran personas mucho más dignas de aprecio de lo que ella imaginaba, y, finalmente, tras conocer su exigua renta y sus dificultades financieras, se sintió en la obligación de invitar a una de las muchachas de la familia a pasar el invierno con ella. Invitó solo a una de ellas y durante seis meses, con la posibilidad de que, pasado ese tiempo, otra de las muchachas ocupara su lugar. Pero cuando eligió a la joven en cuestión, lady Denham dio muestras de esa parte buena de su carácter, pues en lugar de decantarse por alguna de las hijas de la casa, se inclinó por Clara, una sobrina, más desamparada y digna de compasión que cualquiera de ellas: una muchacha pobre y una carga adicional para una familia ya muy agobiada de por sí, y procedente de un estamento social tan bajo que, a pesar de sus cualidades y facultades naturales, no se había preparado para ocupar un puesto mucho mejor que el de niñera.

Y así había sido como Clara había regresado con ella a Sanditon, y gracias a su buen juicio y sus méritos ya se había ganado el aprecio de lady Denham. Ya hacía bastante tiempo que habían pasado los seis meses y nadie había dicho ni una sola palabra acerca de ningún intercambio o regreso. La muchacha se había convertido en la favorita de todo el mundo. Todos percibían el influjo de su conducta formal y su carácter dulce y afable. Enseguida se disiparon los prejuicios con los que la habían recibido algunas personas. Todo el mundo la consideraba digna de confianza, la compañera perfecta para guiar y ablandar a lady Denham, a quien sin duda ensancharía el espíritu y abriría el puño. Era tan agradable como hermosa, y desde que gozaba del favor de la brisa marina de Sanditon, su encanto era absoluto.

Capítulo IV

—¿Y a quién pertenece esa casa tan acogedora? —preguntó Charlotte cuando, en una resguardada hondonada a unos tres kilómetros de la costa, pasaron por delante de una casa mediana, bien vallada y asentada, que contaba con un profuso jardín, huerto y prado, que son el mejor ornamento para esta clase de viviendas—. Parece tener tantas comodidades como Willingden.

—¡Ah! —exclamó el señor Parker—. Es mi antigua casa, la morada de mis antepasados, donde nacimos y nos criamos mis hermanos y yo, y donde nacieron mis tres hijos mayores; donde la señora Parker y yo vivimos hasta hace dos años, cuando terminaron de construir nuestra casa nueva. Me alegro de que le guste. Es una hacienda estupenda, de las antiguas; y Hillier la cuida maravillosamente. Se la he cedido al hombre que explota la mayor parte de mis tierras. Así él puede disfrutar de una casa mejor y yo gozo de mejor situación. Detrás de la siguiente colina ya estaremos en Sanditon, en el Sanditon moderno, un pueblo precioso. Nuestros antepasados siempre construían sus casas en terrenos bajos. Aquí vivíamos, recluidos en este rinconcito, sin aire ni vistas, a solo tres kilómetros de la extensión de océano más espléndida que se extiende entre South Foreland y Land's End, y sin poder gozar de ella. Estoy convencido de que no le parecerá que he hecho un mal cambio cuando lleguemos a Trafalgar House, a la que por cierto casi desearía no haber llamado Trafalgar, pues ahora se lleva más Waterloo. Aunque me reservo el nombre de Waterloo, y si este año todo sale bien y nos animamos a construir una pequeña edificación en forma de media luna, cosa en la que confío, podremos llamarla Waterloo Crescent; y el nombre, unido a la forma del edificio, que siempre resulta muy llamativo, atraerá a un montón de huéspedes. En una buena temporada, deberíamos tener más solicitudes de las que podamos atender.

—Siempre fue una casa muy acogedora —dijo la señora Parker mirándola por la ventana trasera con una mezcla de cariño y añoranza—. Y tenía un buen huerto, un huerto excelente.

—Claro, querida, pero podría decirse que nos hemos llevado el huerto con nosotros. Nos abastece igual de bien que antes y disponemos de toda la fruta y verdura que necesitamos. Y, en realidad, gozamos de todos los productos de un huerto excelente sin la visión constante y molesta de sus labores, o el tedioso deterioro de su vegetación, cosa que ocurre todos los años. ¿A quién puede gustarle ver un arriate lleno de coles en octubre?

—Eso es cierto, querido. Estamos tan bien provistos como antes, pues si alguna vez se olvidan de traernos algo, siempre podemos comprar lo que necesitamos en Sanditon House. El jardinero que tienen allí siempre nos trae lo que le pedimos encantado. Pero era un sitio estupendo para los niños. ¡En verano había tanta sombra!

—Querida, también dispondremos de mucha sombra en la colina, y todavía habrá más a medida que pasen los años. No deja de asombrarme lo rápido que crece todo. Y, entretanto, disponemos de un buen toldo de lona, que nos proporciona la mayor comodidad dentro de casa. Y cuando quieras puedes ir a Whitby's a comprarle una sombrilla a la pequeña Mary, o un buen sombrero en Jebb's. En cuanto a los chicos, debo admitir que prefiero que corran al sol. Estoy seguro de que estamos de acuerdo en que queremos que nuestros hijos sean lo más fuertes que sea posible.

—Por supuesto, claro que pensamos lo mismo. Y le compraré a Mary una sombrilla que la hará sentir de lo más orgullosa. Seguro que se pasea la mar de seria por todas partes creyéndose toda una mujercita. Desde luego, no me cabe ninguna duda de que estamos mucho mejor donde vivimos ahora. Cuando alguno de nosotros desea darse un baño en el mar, apenas necesita desplazarse mucho más de medio kilómetro. Pero ya sabes —añadió sin dejar de mirar atrás— que a una siempre le gusta volver a ver a una vieja amiga, una casa donde ha sido tan feliz. Los Hillier no advirtieron las tormentas del invierno pasado. Recuerdo haber visto a la señora Hillier después de una de esas noches espantosas, en las que a nosotros literalmente se nos balanceaba la cama, y ella afirmó que no le había parecido que el viento soplara mucho más fuerte que de costumbre.

—Sí, sí, es muy probable. Nosotros disfrutamos de toda la fastuosidad de la tormenta con menos peligro real, porque el viento, al no encontrar nada en nuestra hacienda que le ofrezca resistencia o lo confine alrededor de la casa, sencillamente ruge y pasa de largo, mientras que en este agujero, nada se sabe del estado del viento por debajo de las copas de los árboles, y los habitantes pueden verse sorprendidos por una de estas espantosas corrientes, que provocan más daños en el valle cuando soplan con fuerza de los que se sufren en campo abierto ni siquiera los días de vendaval. Pero, querida, en cuanto a los productos del huerto, estabas diciendo que cualquier descuido accidental es solucionado enseguida por el jardinero de lady Denham; sin embargo opino que en dichas ocasiones deberíamos acudir a otro, y tienen más derecho el viejo Stringer y su hijo. Yo lo animé con la plantación y me temo que no le está yendo muy bien. Lo cierto es que todavía no ha tenido tiempo. No me cabe duda de que le acabará funcionando muy bien, pero al principio siempre se hace cuesta arriba, por lo que debemos ayudarle todo lo que podamos. Cuando necesitemos frutas o verduras, cosa que ocurrirá de vez en cuando, pues la mayoría de los días siempre olvidamos una cosa u otra, podemos hacerle un pedido simbólico al pobre y viejo Andrew para que no se eche a perder su faena de cada día, aunque, en realidad, seguiríamos comprando la mayoría de lo que necesitamos a los Stringer.

—Claro, querido, eso no supondrá ningún problema. Y la cocinera quedará muy complacida, cosa que supondrá un gran alivio, pues últimamente siempre se está quejando del viejo Andrew, dice que nunca le trae lo que ella

39

quiere. En fin, ya hemos dejado la vieja casa atrás. ¿Qué es eso que dice tu hermano Sidney de que pronto será un hospital?

—Ay, querida Mary, solo es una de sus bromas. Finge aconsejarme que la convierta en un hospital. No deja de reírse de mis mejoras. Ya sabes que Sidney dice lo que se le antoja. Siempre nos ha dicho lo que ha querido. Me parece que todas las familias tienen algún pariente así, señorita Heywood. Siempre hay algún familiar ingenioso que goza del privilegio de decir lo primero que se le pasa por la cabeza. En la nuestra es Sidney, un joven muy inteligente y con grandes poderes de persuasión. Disfruta demasiado de los placeres del mundo como para sentar la cabeza, ese es su único defecto. Él está aquí, allí y en todas partes. Me encantaría que viniera a Sanditon. Me gustaría que pudiera usted conocerlo. ¡Y le vendría muy bien a este lugar! Nos convendría contar con un joven como Sidney, con su maravilloso carruaje y sus aires modernos. Tú y yo sabemos muy bien el efecto que tendría sobre este lugar, Mary. ¡La de familias respetables, madres precavidas e hijas hermosas que podría traernos en perjuicio de Eastbourne y Hastings!

Se estaban acercando a la iglesia y al propio pueblo de Sanditon, que se erigía a los pies de la colina que después ascenderían, una colina cuya ladera estaba cubierta por los bosques y cercados de Sanditon House, y cuya cima culminaba con un claro donde pronto se verían los nuevos edificios. Solo un tramo del valle, que serpenteaba oblicuamente en dirección al mar, dejaba paso a un arroyo insignificante y formaba, en su desembocadura, una tercera división habitable, con un grupito de casas de pescadores.

En el pueblo había poco más que casitas rústicas, pero como el señor Parker le comentó encantado a Charlotte, todas reflejaban el espíritu del momento, y dos o tres de las mejores lucían cortinas blancas y carteles donde se podía leer: «Se alquilan habitaciones»; y un poco más adelante, en el pequeño prado verde de una vieja granja, vieron a dos mujeres con sus elegantes ropas blancas y sus libros y sillas plegables, y al volver la esquina de la panadería, oyeron el sonido de un arpa que salía de la ventana del piso de arriba.

Dichas imágenes y sonidos eran motivo de gran dicha para el señor Parker. Él no tenía ningún interés personal en el progreso del pueblo en sí, pues como consideraba que estaba demasiado alejado de la playa, no había hecho ninguna inversión en sus tierras; pero esas cosas daban buena muestra de la creciente popularidad de la zona en conjunto. Si el pueblo conseguía atraer visitantes, todo el valle estaría lleno. Preveía una temporada maravillosa. El año anterior, para aquellas mismas fechas (finales de julio), ¡no había ni un solo huésped en el pueblo! Y tampoco recordaba que hubiera habido ninguno durante todo el verano, a excepción de una familia con niños que había venido desde Londres en busca de los beneficios de la brisa marina después de un brote de tos ferina, aunque la madre no permitía que se acercasen demasiado a la orilla por miedo a que cayeran al mar.

—¡Es la civilización, por fin un poco de progreso! —exclamó el señor Parker encantado—. Mira, querida Mary, mira los escaparates de William Heeley. ¡Zapatos azules y botas de nanquín! ¡Quién iba a pensar que acabaríamos viendo algo parecido en el viejo Sanditon! Es toda una novedad de este mes. No vi zapatos azules cuando pasamos por aquí la última vez. ¡Qué maravilla! Creo que ya puedo decir que he hecho mi aportación en esta vida... Ahora pongamos rumbo a nuestra colina, allí se respira estupendamente.

Mientras subían pasaron por delante de la verja de Sanditon House y pudieron ver cómo asomaba el tejado de la casa por entre los árboles. Era la única edificación que quedaba de las de antaño en aquella parte de la parroquia. Un poco más arriba, ya empezaba a ser todo más moderno; y al superar la cima pasaron junto a una Prospect House, una Bellevue Cottage y una Denham Place; Charlotte las contemplaba con tranquila y divertida curiosidad, mientras que el señor Parker lo hacía un tanto azorado y con la esperanza de no ver apenas casas vacías. Sin embargo, había menos carteles en las ventanas de los que él había supuesto y en la colina se veía menos movimiento: menos carruajes y paseantes. Había imaginado que a esa hora del día todos estarían regresando para cenar después de tomar el aire, pero la playa y la Terraza siempre atraían a parte de los habitantes, y la marea debía de estar subiendo, sin duda ya estaría por la mitad...

El señor Parker estaba deseando estar en la playa, en las colinas, en su propia casa, quería estar en todas partes a la vez. Se animó en cuanto vio el mar y casi notó una automática mejora del tobillo. Trafalgar House, asentada sobre el lugar más elevado de la colina, era un edificio claro y elegante

erigido en un pequeño prado y rodeado de una arboleda joven, a unos cien metros de la cima de un acantilado no muy alto, y era el edificio que estaba más próximo a este, a excepción de una corta hilera de casitas de aspecto distinguido a la que llamaban la Terraza, con un amplio paseo delante que aspiraba a convertirse en el bulevar del pueblo. En ese paseo se encontraban la mejor sombrerería y la biblioteca; un poco más alejados estaban el hotel y el salón de billar, donde se iniciaba la bajada a la playa y a los carros de baño.[2] Por eso era el lugar más popular para atender cualquier asunto relacionado con la belleza y la moda.

Los viajeros llegaron sanos y salvos a Trafalgar House, que se erigía a cierta distancia por detrás de la Terraza, y todo fue felicidad y alegría entre papá, mamá y sus hijos; mientras tanto Charlotte, una vez instalada en sus aposentos, se contentó con sentarse ante su espacioso ventanal veneciano para poder contemplar el variopinto grupo de edificios en construcción, las coladas azotadas por el viento y los tejados de las casas, hasta llegar al mar, que bailaba y brillaba bajo el sol y se mecía por la caricia del viento.

---

2   Estructuras de madera con ruedas que, en la época, se arrastraban hasta el mar para que el bañista pudiera darse un baño desde dentro.

Capítulo V

Cuando se reunieron antes de cenar, el señor Parker estaba revisando la correspondencia.

—¡Ni una sola línea de Sidney! —exclamó—. Qué perezoso es. Yo le escribí contándole el accidente que había sufrido en Willingden y pensaba que se dignaría a contestarme. Aunque quizá eso signifique que va a venir. Confío en que así sea. Pero aquí tengo una carta de parte de una de mis hermanas. Ellas nunca me fallan. Las mujeres son las únicas personas con las que se puede mantener una correspondencia fiable. Veamos, Mary —comentó muy sonriente dirigiéndose a su esposa—, antes de abrirla, ¿qué crees que podemos esperar del estado de salud de las personas que la han redactado? Mejor aún, ¿qué diría Sidney si estuviera aquí? Sidney es un descarado, señorita Heywood. Está convencido de que las dolencias de mis dos hermanas son completamente imaginarias. Pero no es verdad, o por lo menos no del todo. Las pobres no gozan de buena salud, como ya nos habrá oído mencionar en más de una ocasión, y son propensas a padecer una gran variedad de enfermedades muy graves. Y, al mismo tiempo, son unas mujeres tan excelentes y hacendosas, y tienen tanto carácter, que, cuando hay algo que hacer, se esfuerzan tanto que dejan sin habla a cualquiera que no las conozca. Sin embargo, no son nada afectadas. Lo que sucede es que poseen una constitución más débil y una mente más vigorosa de lo que es habitual, ya sea por separado o juntas. Y lamento decir que nuestro hermano pequeño, que vive con ellas y no tiene más de veinte años, está tan inválido como ellas. Su estado es tan delicado que no puede ejercer profesión alguna. Sidney se ríe de él. Pero no es para tomárselo a broma, aunque admito que a veces Sidney consigue que yo también me ría de ellos a mi pesar. Por eso creo que si estuviera aquí apostaría a que en la carta explican que Susan, Diana o Arthur han estado al borde de la muerte en algún momento del mes pasado.

Tras echar un rápido vistazo a la carta, meneó la cabeza y dijo:

—Lamento decir que no parece que vayan a aparecer por Sanditon. No parece que estén bien; nada en absoluto. Mary, te va a entristecer mucho saber lo enfermas que han estado y lo mal que siguen encontrándose. Con su permiso, señorita Heywood, voy a leer la carta en voz alta. Me gusta que mis amigos y parientes se conozcan entre sí, y me temo que esta es la única forma que tengo de conseguirlo en este caso. Y no tengo ningún reparo por Diana, pues en sus cartas se muestra exactamente como es: la persona más activa, simpática y cariñosa que existe, por lo que sin duda le transmitirá una buena impresión.

Y leyó: «Querido Tom, lamentamos mucho tu accidente, y si no nos hubieras asegurado que habías caído en tan buenas manos, hubiera hecho cualquier cosa para poder estar a tu lado al día siguiente de recibir tu carta, a pesar de que llegó cuando yo estaba sufriendo un ataque más severo de lo habitual de mi antigua afectación biliar, y por aquel entonces apenas era capaz de arrastrarme desde la cama hasta el sofá. ¿Pero cómo te trataron la lesión? Cuéntame más detalles en tu próxima carta. Si se trataba de un pequeño esguince, como lo llamas tú, lo mejor hubiera sido una friega, una friega con la mano, suponiendo que te la hubieran podido hacer al instante. Hace dos años, un día que yo había ido a visitar a la señora Sheldon, su cochero se torció el tobillo mientras limpiaba el carruaje y a duras penas logró llegar cojeando hasta la casa, pero mejoró rápidamente gracias a las friegas inmediatas que le hice (estuve frotándole el tobillo con mis propias manos durante seis horas seguidas); se recuperó en tres días. Te agradezco que seas tan bueno con nosotros, querido Tom, pues sin duda eso tuvo mucho que ver con el accidente que sufriste. Pero prométeme que jamás volverás a ponerte en peligro por ir en busca de un médico para nosotros, pues aunque dispusieras del mejor cirujano del mundo en Sanditon, tampoco nos serviría de mucho. Hemos renegado de toda la profesión médica. Hemos consultado en vano un médico tras otro, hasta el punto de habernos convencido de que no pueden hacer nada por nosotros y debemos confiar en los conocimientos que tenemos de nuestra lamentable condición para aliviar nuestras dolencias. Sin embargo, si consideras que sería aconsejable disponer de un médico por el interés general del pueblo, aceptaré el encargo encantada, y no te quepa ninguna duda de que lo resolveré con éxito. Enseguida pondría toda la carne en el asador. En cuanto a la posibilidad de que yo pueda ir a Sanditon, es completamente imposible. Lamento decir que no me atrevo ni a intentarlo, pero mi instinto me dice que, dado mi estado actual, la brisa del mar acabaría conmigo. Y tampoco me permitirían hacerlo ninguno de mis compañeros, como tampoco los animaría yo a que fueran a pasar una temporada contigo. A decir verdad, no creo que los nervios de Susan pudieran soportar ese esfuerzo. Lleva mucho tiempo con dolor de cabeza, y la aplicación de seis sanguijuelas durante diez días seguidos la han aliviado tan poco que hemos pensado en cambiar de tratamiento. Por eso, y convencidos como quedamos después de examinarla de que la mayor parte del problema residía en sus encías, la convencí para que atacara su enfermedad desde ahí. Así que le han quitado tres muelas y ahora está mucho mejor, pero tiene los nervios muy perjudicados. Apenas puede susurrar, y esta mañana se ha desmayado dos veces mientras el pobre Arthur trataba de reprimir la tos. Me alegra decir que él está bastante bien, aunque más lánguido de lo que me gustaría, y temo por su hígado. No he vuelto a saber de Sidney desde que los dos estuvisteis en Londres, pero imagino que ha abandonado sus planes de ir a la isla de Wight, pues de lo contrario lo hubiéramos visto por aquí. Deseamos de corazón que paséis una estupenda temporada en Sanditon, y aunque no podamos contribuir en persona a tu *beau monde,* nos estamos esforzando al máximo para mandarte buenas compañías, y creo que podemos contar con poder mandarte dos familias numerosas; la primera es una familia rica de las Antillas afincada en Surrey, y la otra es una respetable familia de un internado o academia de Camberwell. No quiero contar el número de personas que he movilizado para conseguirlo, pues ha sido muy complicado, pero ha valido la pena. Con afecto».

—Bueno —dijo el señor Parker al terminar—, aunque estoy convencido de que Sidney sin duda encontraría esta carta extremadamente entretenida y nos haría reír a todos durante media hora, debo decir que yo no veo en ella más que cosas preocupantes o encomiables. ¡A pesar de todo su sufrimiento es más que evidente lo mucho que se preocupan por el bien de los demás! ¡Cómo se preocupan por Sanditon! Dos familias numerosas, una para Prospect House, probablemente, y la otra para el número dos de Denham Place o para la última casa de la Terraza; además, disponemos de camas de más en el hotel. Ya le decía yo que mis hermanas son unas mujeres excelentes, señorita Heywood.

—No me cabe duda de que son extraordinarias —contestó Charlotte—. Me asombra la alegría que desprende la carta teniendo en cuenta el estado en el que parecen encontrarse sus dos hermanas. ¡Sacarse tres muelas a la vez! ¡Qué espanto! Su hermana Diana parece muy enferma, pero que a su hermana Susan le hayan extraído tres muelas a la vez me parece mucho peor.

—Bueno, ellas están acostumbradas a esa clase de operaciones, a cualquier intervención, a decir verdad, y tienen mucha fortaleza.

—No me cabe duda de que sus hermanas sabrán lo que hacen, pero parecen adoptar medidas muy drásticas. Si yo me pusiera enferma desearía poder contar con la opinión de un profesional; le aseguro que no querría correr ningún riesgo, ya se tratara de mí o de cualquiera de mis seres queridos. Pero lo cierto es que nosotros hemos sido una familia que ha gozado de tanta salud que no tengo forma de juzgar cómo me sentiría si tuviera que tratarme a mí misma.

—A decir verdad, yo también pienso que las señoritas Parker se exceden en ciertas ocasiones —admitió la señora Parker—. Y tú piensas lo mismo, querido, ya lo sabes. A menudo pienso que les irían mejor las cosas si no pensaran tanto en sí mismas, y especialmente en Arthur. Sé que consideras una lástima que le metan en la cabeza que está enfermo.

—Bueno, querida Mary, te garantizo que es una desgracia para el pobre Arthur que lo animen a ceder ante cualquier indisposición a su edad. Es una pena que se considere demasiado enfermo como para desempeñar alguna profesión y se pase el día mano sobre mano con veintiún años viviendo de rentas y sin intención alguna de aumentarlas o dedicarse a alguna ocupación que pueda resultar de utilidad para él mismo o para los demás. Pero hablemos de cosas más agradables. Esas dos familias son exactamente lo que necesitábamos. Aunque aquí llega algo todavía más agradable: si no me equivoco, Morgan acaba de anunciar que la comida está servida.

Capítulo VI

El grupo salió muy pronto poco después de comer. El señor Parker no se quedaría satisfecho si no iban a visitar la biblioteca y echaba un ojo al registro de suscriptores, y Charlotte estaba encantada de poder ver cuanto fuera posible, pues todo era nuevo para ella. Habían salido en el momento del día más tranquilo de un lugar de retiro vacacional como aquel, cuando casi todo el mundo se dedicaba a la importante tarea de comer o de reposar la comida una vez terminada. De vez en cuando tropezaban con algún anciano solitario que se veía en la obligación de salir a pasear por motivos de salud, pero, en general, no había ni un alma por la calle y reinaba la tranquilidad, tanto en la Terraza como en los acantilados y en la playa.

Las tiendas estaban desiertas. Los sombreros de paja y las cintas de encaje parecían abandonadas a su suerte, tanto dentro como fuera del establecimiento, y la señora Whitby, en la biblioteca, estaba sentada en su salita, leyendo una de sus novelas por falta de otra cosa que hacer. La lista de suscriptores estaba igual que siempre. A los nombres de lady Denham, la señorita Brereton, el señor y la señora Parker, sir Edward Denham y la señorita Denham, que bien podía decirse que eran los más destacados de la temporada, seguían los de la señora Mathews, la señorita Mathews, la señorita E. Mathews, la señorita H. Mathews, el doctor Brown y señora, el señor Richard Pratt, el teniente de la marina Smith, el capitán Little de Limehouse, la señora Jane Fisher, la señorita Fisher, la señorita Scroggs, el reverendo señor Hanking, el señor Beard, abogado de Grays Inn, la señora Davis y la señorita Merryweather.

El señor Parker no pudo evitar pensar que la lista era poco distinguida y menos numerosa de lo que él había esperado. Sin embargo, todavía era julio. Agosto y septiembre eran los meses más importantes de la temporada. Además, siempre se consolaba pensando en las familias que llegarían procedentes de Surrey y Camberwell.

La señora Whitby abandonó enseguida su receso literario encantada de ver al señor Parker, cuya forma de ser despertaba las simpatías de todo el mundo, y se enfrascaron en una conversación salpicada de cortesías y novedades mientras Charlotte, después de añadir su nombre a la lista como primera aportación al éxito de la inminente temporada, se afanó en hacer algunas compras para el deleite de todos, en cuanto la señora Whitby salió del tocador para atenderla luciendo sus brillantes rizos y elegantes alhajas.

Como era costumbre, en la biblioteca podía encontrarse de todo: allí disponían de todas esas cosas inútiles de las que nadie podía prescindir. Y entre todas aquellas hermosas tentaciones, y debido a la predisposición del señor Parker a animarla a comprar, Charlotte empezó a darse cuenta de que debía controlarse, o más bien pensó que a los veintidós años no podía haber excusa para hacer lo contrario, y que no era propio de ella gastarse todo el dinero la primera tarde. Cogió un libro que resultó ser un tomo de *Camilla*. Ella no era tan joven como Camilla y no tenía intención alguna de vivir sus infortunios, así que le dio la espalda al cajón de los anillos y los broches, reprimió sus ganas de seguir mirando cosas y pagó lo que había elegido.

Para satisfacción de Charlotte, se disponían a dar un paseo por el acantilado, pero cuando salieron de la biblioteca se encontraron con lady Denham y la señorita Brereton, y la aparición de dichas damas hizo necesario plantear un cambio de planes. Habían ido a verlos a Trafalgar House y allí las habían mandado a la biblioteca. Y aunque lady Denham era demasiado activa como para considerar que necesitase un descanso después de haber caminado más de kilómetro y medio, y comentó la posibilidad de regresar a casa directamente, los Parker sabían que lo que más le gustaba era que insistieran en que los acompañase a su casa y tomara el té con ellos, por lo que renunciaron al paseo por el acantilado en favor del inmediato regreso a casa.

—No, no —dijo su señoría—. No permitiré que adelanten la hora del té por mí. Ya sé que les gusta tomarlo más tarde. No quiero que mis horarios supongan ningún inconveniente para mis vecinos. No, no, la señorita Clara y yo volveremos a casa y tomaremos el té allí. No hemos salido con ninguna intención en concreto. Solo queríamos verles y asegurarnos de que habían llegado todos, pero ahora volveremos a casa a tomar el té.

Sin embargo, regresó junto a ellos hasta Trafalgar House y tomó posesión del salón con absoluta tranquilidad y, en apariencia, sin oír ni una sola de las órdenes que la señora Parker dio a la sirvienta, al entrar, cuando le pidió que les trajera el té inmediatamente. Charlotte se consoló enseguida por haber perdido el paseo a cambio de poder gozar de la compañía de las personas a las que tantas ganas tenía de conocer después de la conversación de aquella mañana. Las observó detenidamente. Lady Denham era una mujer de estatura media, robusta, erguida y de movimientos enérgicos, mirada despierta, con astucia y aire de competencia, pero con semblante agradable; y aunque sus modales eran bruscos y secos, propios de una persona que se congratulaba de ser clara y directa, la dama desprendía buen humor y cordialidad, se mostraba afable y muy dispuesta a conocer a Charlotte, y muy cordial con sus viejos amigos, que inspiraban esa complacencia que la dama parecía sentir. En cuanto a la señorita Brereton, la apariencia de la joven justificaba en tanto los halagos del señor Parker que Charlotte pensó que jamás había visto a una joven más hermosa o más interesante.

Alta y elegante, de belleza regular, tez delicada y delicados ojos azules, además de unos modales modestos y dulces a la par que gráciles; Charlotte no pudo más que ver en ella la más perfecta encarnación de cualquiera de las heroínas hermosas y cautivadoras de los libros que habían dejado atrás en los estantes de la señora Whitby. Quizá se debiera a que acababa de salir de una biblioteca, pero no conseguía dejar de pensar que Clara Brereton parecía una heroína. ¡Su situación respecto a lady Denham contribuía todavía más a dicho pensamiento! Parecía que la hubieran puesto al lado de la dama para ser maltratada. Tal pobreza y dependencia sumadas a tanta belleza y mérito no parecían dejarle muchas alternativas.

Esas ideas no se debían al espíritu romántico de Charlotte. No, ella era una joven seria, una chica que había leído las novelas suficientes como para tener una imaginación muy creativa, pero que no se dejaba influir demasiado por ellas. Y aunque se permitió entretener ese pensamiento durante cinco minutos recreando la persecución de la que debía de ser objeto la interesante Clara, en especial en forma de trato bárbaro por parte de lady Denham, no tuvo reparos en admitir, tras una observación más detallada, que las dos mujeres parecían llevarse bastante bien. Charlotte no veía en lady Denham nada peor que esa especie de formalidad anticuada que la empujaba a llamarla continuamente «señorita Clara», y tampoco vio nada objetable en el grado de deferencia y atención que le prodigaba Clara. Por un lado parecía una amabilidad protectora, y por otro, respeto agradecido y afectuoso.

La conversación versó enteramente acerca de Sanditon, el número actual de visitantes y las posibilidades que tenían de disfrutar de una buena temporada. Era evidente que lady Denham estaba más nerviosa y temía más las posibles pérdidas que su coadjutor. Ella quería que el pueblo se llenase más aprisa y parecía abrigar más preocupaciones acerca de la posibilidad de que algunas residencias se quedasen sin alquilar. Tampoco olvidaron hablar acerca de las dos familias numerosas que había mencionado la señorita Diana Parker.

—Eso está muy bien —dijo su señoría—. Una familia de las Antillas y un internado. Eso suena de maravilla. Traerán dinero.

—Me parece que los antillanos gastan a espuertas —comentó el señor Parker.

—Sí, yo también lo he oído. Y como tienen mucho dinero, es posible que se sientan iguales a las viejas familias de campo. Pero lo cierto es que las personas que malbaratan su dinero de esa forma nunca piensan en el mal que pueden estar haciendo, pues eso hace subir el precio de las cosas. Y he

oído decir que eso es precisamente lo que sucede con sus antillanos. Y si van a venir a subir el precio de nuestros productos más básicos, no tendremos mucho que agradecerles, señor Parker.

—Querida señora, solo podrían subir el precio de ciertos artículos de consumo mediante una demanda extraordinaria, y dicho dispendio siempre nos hará más bien que mal. Nuestro carniceros, panaderos y mercaderes no pueden enriquecerse sin que ello nos proporcione una necesaria prosperidad a nosotros. Si ellos no ganan, nuestras rentas sufrirían; y a la larga, nuestros beneficios aumentarán en proporción a los suyos gracias al aumento del valor de nuestras casas.

—¡Ah, bueno! Pero no me gustaría que subieran el precio de la carne. Y trataré de retenerlo tal como está todo el tiempo que pueda. Veo que la joven se sonríe. Seguro que piensa que soy rara, pero con el tiempo ella también llegará a preocuparse de esas cosas. Sí, sí, querida, se lo aseguro, con el tiempo usted también acabará pensando en el precio de la carne, aunque quizá no tenga a su cargo a tantos sirvientes que alimentar como yo. Y eso que estoy convencida de que viven mejor los que tienen menos servidumbre. Yo no soy una mujer ostentosa, como todo el mundo sabe, y si no fuera porque se lo debo a la memoria del pobre señor Hollis, no seguiría manteniendo Sanditon House. No lo hago por mí. Bueno, señor Parker, y dice que el otro grupo viene de un internado, es francés, ¿no? No me parece mal. Se quedarán las seis semanas enteras. Y con tantas como serán, quién sabe, quizá alguna sea tísica y necesite leche de burra, y yo tengo dos burras dando leche en este momento. Aunque quizá las niñas me estropeen los muebles. Espero que dispongan de una institutriz bien estricta que se ocupe de ellas.

El pobre señor Parker no obtuvo mayores elogios por parte de lady Denham de los que había obtenido de sus hermanas con relación al objeto que le había llevado hasta Willingden.

—¡Por Dios! Mi querido señor —exclamó—. ¿En qué estaba pensando? Lamento mucho que sufriese usted un accidente, pero a fe que lo merecía. ¡Ir en busca de un doctor! ¿Pero para qué queremos aquí un médico? Tener un médico en el pueblo solo serviría para animar a los sirvientes y a los pobres a creerse enfermos. Ay, por favor, es mucho mejor que no tengamos a ningún miembro de su tribu en Sanditon. Nos va muy bien tal como estamos. Tenemos el mar, las colinas y mis burras lecheras. Y ya le he dicho a la señora Whitby que si alguien pide una silla de gimnasia, se le puede proporcionar por un módico precio, pues la del pobre señor Hollis está prácticamente nueva. ¿Qué más se puede pedir? Yo llevo setenta años en este mundo y jamás he recibido consejo médico ni he necesitado ver la cara de ningún doctor en mi vida. Y estoy convencida de que si mi pobre y querido sir Harry tampoco hubiera visto a ninguno, aún seguiría con vida. Diez honorarios seguidos cobró el hombre que lo mandó al otro mundo. Se lo suplico, señor Parker, nada de médicos.

Trajeron entonces el servicio del té.

—Pero, querida señora Parker, no debería haberse molestado, ¿por qué lo ha hecho? Estaba a punto de desearles que pasaran una buena tarde antes de marcharme a casa. Pero ya que es usted tan buena vecina, me parece que la señorita Clara y yo no tendremos más remedio que quedarnos.

Capítulo VII

La popularidad de los Parker atrajo nuevas visitas a la mañana siguiente. Entre ellas se encontraban sir Edward Denham y su hermana, quienes, después de pasar por Sanditon House, siguieron hasta su casa para presentarles sus respetos. Y Charlotte, una vez terminó de escribir todas sus cartas, se sentó con la señora Parker en el salón justo a tiempo de recibirlos a todos.

Los Denham fueron los únicos que le despertaron una curiosidad especial. A Charlotte le encantó poder conocer al resto de la familia cuando la presentaron, y le parecieron dignos de atención, al menos a la mejor mitad de la pareja (pues mientras sigue soltero, a veces cabe pensar que el caballero es la mejor parte). La señorita Denham era una joven agradable, aunque fría y reservada; transmitía la sensación de vivir su situación social con orgullo y su pobreza con descontento, y a quien molestaba sobremanera carecer de un vehículo más elegante que el sencillo charrete en el que viajaban, y que el mozo todavía estaba moviendo mientras ella lo observaba. Sir Edward era muy superior en actitud y modales; no cabía duda de que era apuesto, pero lo más destacable era su trato excelente y lo mucho que se esforzaba por mostrarse atento y complaciente. Hizo una entrada notable en el salón, habló mucho, en especial con Charlotte, junto a la que se sentó por casualidad,

 59

y la joven enseguida se dio cuenta de que él poseía un rostro apuesto, una voz muy agradable y mucha conversación. Le gustó. Como era una muchacha seria, el joven le pareció agradable, y no trató de reprimir la sospecha de que él pensaba lo mismo de ella, cosa que surgió debido a que, haciendo caso omiso de los gestos de su hermana para convencerlo de que se marcharan, permaneció en su sitio hablando con Charlotte. No me disculparé por la vanidad de mi heroína. Si existen jovencitas en el mundo de su misma edad con menos imaginación y a las que no les preocupe ni un ápice si agradan o no, yo no las conozco ni deseo conocerlas.

Finalmente, desde los bajos ventanales del salón con vistas a la carretera y a todos los caminos del pueblo, Charlotte y sir Edward, sentados donde estaban, vieron pasar a lady Denham y a la señorita Brereton, y se produjo un ligero cambio en la expresión de sir Edward, que las miró algo alterado, y enseguida propuso a su hermana no solo que se levantara, sino que fueran a dar un paseo juntos por la Terraza, cosa que provocó un desagradable vuelco en las fantasías de Charlotte, la curó de la fiebre que llevaba sintiendo durante la última media hora y la empujó a juzgar con mayor sensatez, cuando sir Edward se hubo marchado, acerca de lo agradable que él se había mostrado en realidad: «Quizá se deba en gran parte a su talante y su forma de comportarse, y el título tampoco le hace daño».

Enseguida volvió a gozar de su compañía. Lo primero que hicieron los Parker en cuanto las visitas se marcharon de su casa fue salir ellos también. La Terraza era la principal atracción del lugar. Cualquiera que saliese a pasear empezaba por la Terraza; y allí, sentados en uno de los dos bancos verdes que había junto al camino de grava, se encontraron con los Denham. Sin embargo, y a pesar de estar juntos, se los veía claramente divididos, pues las dos grandes damas ocupaban un extremo del banco, y sir Edward y la señorita Brereton el otro. Charlotte enseguida se dio cuenta de que la actitud de sir Edward era la de un auténtico enamorado. No había duda de la devoción que sentía por Clara. Lo que ya no era tan evidente era el modo en que Clara recibía dichas atenciones, pero Charlotte se inclinaba por pensar que no muy favorablemente, pues, aunque estaba sentada con él en un aparte (cosa que probablemente no había podido evitar), se la veía serena y seria.

Lo que resultaba irrefutable era que la joven que ocupaba el otro extremo del banco estaba haciendo penitencia. La diferencia en la expresión de la señorita Denham, la transformación entre la actitud de la señorita Denham que había ocupado con fría indiferencia su lugar en el salón de la señora Parker guardando silencio mientras los demás se esforzaban por animar la reunión, y la señorita Denham que ahora estaba sentada junto a lady Denham, y la escuchaba y conversaba con ella sonriendo y atendiendo, con interés y entusiasmo, resultaba asombrosa y muy divertida, o incluso triste, dependiendo de si se miraba desde un punto de vista satírico o moral. Charlotte enseguida descifró el carácter de la señorita Denham. Pero tuvo que observar más detenidamente a sir Edward. La sorprendió que el joven se apartara de Clara en cuanto ellos llegaron y decidiera pasear a su lado y prestarle a ella toda su atención.

Al situarse a su lado parecía decidido a alejarla lo máximo posible del resto del grupo y dedicarle por entero su conversación. Adoptó un tono de sumo gusto y cargado de sentimiento y se puso a hablar del mar y la costa, desgranando con vigor todas las frases habituales que solían emplearse para ensalzar su esplendor y describir las emociones *indescriptibles* que provocaban en las personas sensibles. La abrumadora magnificencia del océano bajo el influjo de la tempestad, su cristalina superficie cuando está en calma, las gaviotas, las algas y las profundidades insondables de sus abismos, sus rápidas vicisitudes, sus amargos engaños, sus marineros tanteándolo al sol y abrumados por el repentino temporal, todo lo fue enumerando con vehemencia y soltura; quizá su discurso fuera un poco manido, pero sonaba muy bien en los labios del apuesto sir Edward, y Charlotte no pudo evitar considerarlo un hombre sensible, hasta que empezó a abrumarla con la gran cantidad de citas que repetía y la perplejidad de algunas de sus frases.

—¿Recuerda los preciosos versos que escribió Scott sobre el mar? —dijo—. ¡Ah, qué descripción más hermosa! Siempre que vengo a pasear por aquí me vienen a la cabeza. Si existe algún hombre capaz de leerlos sin conmoverse, debe de tener la sangre fría de un asesino. Dios me proteja de toparme con un tipo así yendo desarmado.

—¿A qué descripción se refiere? —quiso saber Charlotte—. Ahora mismo no recuerdo haber leído ninguna descripción del mar en los poemas de Scott.

—¿De veras? Bueno, yo tampoco sabría recitarle el principio del poema en este momento..., pero seguro que no habrá olvidado la descripción que hace de una mujer:

»"¡Oh!, la mujer en nuestras horas de asueto...".

»¡Qué delicia, exquisito! Aunque no hubiera escrito nada más, con eso solo ya habría pasado a la posteridad. Y luego están esos versos acerca del incomparable e insuperable afecto paterno:

»"Hay sentimientos ofrecidos a los mortales
menos terrenales que celestiales, etc.".

»Y ya que estamos hablando de poesía, señorita Heywood, ¿qué piensa de los versos que Burns le escribió a su Mary? ¡Ay, qué patetismo tan perturbador! Si alguna vez ha existido algún hombre que de verdad haya sentido, sin duda es Burns. Montgomery posee todo el fuego de la poesía, Wordsworth es el alma, Campbell, en sus *Goces de la esperanza,* consigue alcanzar nuestra sensibilidad más extrema: "Como las visitas de un ángel, cortas y espaciadas". ¿Es capaz de imaginar algo más subyugante, enternecedor o más rebosante de profunda grandiosidad que ese verso? Pero Burns... debo confesar que lo considero superior, señorita Heywood. Si Scott tiene algún defecto es precisamente la falta de pasión. Es tierno, elegante, descriptivo, pero anodino. Desprecio a cualquier hombre que no sepa hacer justicia a los atributos de la mujer. En ocasiones parece irradiar algún destello de emoción de sus versos, como en esos de los que hablábamos: "¡Oh!, la mujer en nuestras horas de asueto...", pero Burns siempre es incandescente. Su alma es el altar donde se entroniza a la mujer y su espíritu emanaba sin duda la inmortal fragancia que ella merece.

—Yo he disfrutado de la lectura de varios de los poemas del señor Burns —comentó Charlotte en cuanto tuvo oportunidad de mediar palabra—. Pero no soy lo suficientemente poética como para separar la poesía de un hombre de su forma de ser; y las conocidas indiscreciones del pobre señor Burns no me dejan disfrutar del todo de sus versos. Me cuesta creer en la autenticidad de sus sentimientos de enamorado. No confío en la sinceridad del afecto de un hombre como él. Él sentía, escribía y luego lo olvidaba todo.

—¡Oh, no, de eso nada! —exclamó sir Edward extasiado—. ¡Era un hombre ardiente y sincero! Es posible que su genialidad y sus susceptibilidades pudieran conducirlo a algunas aberraciones, ¿pero quién es perfecto? Sería un juicio hipercrítico y absolutamente pseudofilosófico esperar que el alma de un genio de su talla se condujera con la misma actitud servil de un hombre corriente. El destello del talento provocado por los apasionados sentimientos del pecho de un hombre quizá sea incompatible con algunas de las decencias prosaicas de los formalismos sociales. De la misma forma que tampoco puede usted, hermosa señorita Heywood —afirmó hablando con un gran sentimiento—, ni ninguna otra mujer, juzgar con justicia lo que un hombre puede verse impelido a decir, escribir o hacer bajo los soberanos impulsos de una pasión irrefrenable.

Todo eso estaba muy bien, pero, si Charlotte lo estaba entendiendo bien, tampoco le parecía muy moral. Y como además no se sintió complacida por esa clase de cumplido, la joven respondió muy seria:

—La verdad es que yo no estoy muy ducha en esa materia. Hace un día espléndido. Imagino que sopla viento del sur.

—¡Dichoso el viento que acapara los pensamientos de la señorita Heywood!

Charlotte empezaba a pensar que no era más que un necio. Por fin comprendía que él había elegido pasear con ella para molestar a la señorita Brereton. Lo había advertido en la intención de una o dos miradas inquietas que él había dedicado a la joven, pero lo que no terminaba de comprender era por qué se empeñaba en decir tantas tonterías, a menos que no fuera capaz de nada mejor. Parecía un hombre muy sentimental, embebido de excesiva sensiblería y completamente adicto a las palabras de moda. Charlotte supuso que no era muy inteligente y todo lo que decía se lo había aprendido de memoria. Quizá más adelante podría hacerse una idea más precisa de su verdadero carácter, pero cuando este sugirió la idea de ir a la biblioteca, Charlotte pensó que ya había tenido suficiente sir Edward por una mañana y aceptó encantada la invitación de lady Denham de quedarse en la Terraza con ella.

Los demás se marcharon —sir Edward haciendo galantes muestras de desesperación por tener que separarse de ella—, y ellas sumaron su afabilidad, es decir, lady Denham como una auténtica gran dama, hablando sin parar de sus propios intereses, y Charlotte escuchando divertida, pensando en lo diferentes que eran los acompañantes que había tenido. Sin duda, no existía rastro alguno de sentimentalismo ni frases de dudosa interpretación en el discurso de lady Denham. Tomando el brazo de Charlotte con la naturalidad propia de alguien convencido de que cualquier atención por su parte siempre era recibida como un honor por cualquiera, y comunicándose sabedora de esa misma importancia, o debido a lo mucho que le gustaba hablar, inmediatamente dijo, adoptando un tono de gran satisfacción y una mirada de pícara sagacidad:

—La señorita Esther quiere que los invite a ella y a su hermano a pasar una semana conmigo en Sanditon House, como ya hice el verano pasado. Pero no pienso hacerlo. Ya lleva un tiempo intentando engatusarme por todos los medios, alabando ahora esto y ahora aquello, pero yo sé muy bien lo que se propone. Ya me he dado cuenta. A mí no se me engaña con tanta facilidad, querida.

A Charlotte no se lo ocurrió nada más inofensivo que preguntar:

—¿Sir Edward y la señorita Denham?

—Claro, querida. Mis muchachos, como los llamo de vez en cuando, pues todavía los llevo de la mano. El verano pasado se quedaron conmigo una semana más o menos por esta época, de lunes a lunes; no se imagina lo encantados y agradecidos que quedaron. Son unos jóvenes encantadores, querida. No vaya a pensar que solo les presto atención por el pobre sir Harry. No, no, se lo merecen todo. Créame, de no ser así no pasaría tanto tiempo con ellos. No soy una persona dada a ayudar a cualquiera sin pensar. Yo siempre tengo mucho cuidado con lo que hago y me preocupo de saber con quién me voy a relacionar antes de mover un dedo. No creo que me hayan engañado en mi vida. Y eso es mucho decir viniendo de una mujer que se ha casado dos veces. El bueno de sir Harry, aquí entre nosotras, estaba convencido de que salía ganando. Pero ya falleció —suspiró—, y no se debe hablar mal de los muertos. Nadie ha sido más feliz que nosotros y él era un hombre muy honorable, un auténtico caballero de una gran familia. Y cuando murió le di su reloj de oro a sir Edward.

Al decir esto último miró a su compañera esperando verla dar muestras de un gran asombro, y al no ver excesiva sorpresa en la expresión de Charlotte, se apresuró a añadir:

—Él no se lo había legado a su sobrino, querida. No fue una herencia. No figuraba en el testamento. Solo me comunicó a mí su deseo de que su sobrino se quedara el reloj, y únicamente me lo dijo en una ocasión, pero yo no tendría por qué haber respetado su deseo si yo no hubiera querido.

—¡Fue muy amable por su parte! ¡Qué generosa! —dijo Charlotte sintiéndose absolutamente obligada a fingir admiración.

—Sí, querida, y no es lo único que he hecho por él. He sido muy generosa con sir Edward. Y lo cierto es que el pobrecillo lo necesita. Pues, aunque yo solo soy la viuda y él es el heredero, las cosas entre nosotros no son como suelen ser entre esas dos partes. Yo no recibo ni un chelín de los Denham. Sir Edward no está obligado a darme nada. Y, sin embargo, no es él quien está por encima, créame. Soy yo la que le ayuda a él.

—¡Vaya! Pues es un joven estupendo, y tiene unos modales exquisitos.

Lo dijo por decir algo, pero Charlotte enseguida se dio cuenta de que la dama recelaba, pues la miró con astucia y contestó:

—Sí, sí, es muy apuesto. Y es de suponer que alguna dama de fortuna lo vea así, pues sir Edward debe casarse por dinero. Hablamos de ello a menudo. Un joven apuesto como él puede ir por ahí regalando sonrisas y cumplidos a las muchachas, pero sabe que tiene que casarse por dinero. Y en general sir Edward es un joven muy formal y con las ideas muy claras.

—Con todas esas cualidades personales —dijo Charlotte—, sir Edward Denham puede estar casi seguro de que encontrará una dama de gran fortuna si es lo que desea.

La magnífica opinión de la joven pareció disipar cualquier sospecha.

—Sí, querida, es usted muy sensata —repuso lady Denham—. ¡Ojalá pudiéramos traer una joven heredera a Sanditon! Aunque cabe apuntar que las herederas son increíblemente escasas. Me parece que no hemos tenido una heredera o una coheredera por aquí desde que Sanditon se ha vuelto popular. No deja de llegar una familia tras otra, pero por lo que sé no hay ni una entre cien que posea auténticas propiedades, ya sean tierras o fondos. Rentas sí, pero ninguna propiedad. O son miembros del clero, o abogados de Londres, u oficiales con media paga, o viudas que solo poseen su pensión. ¿Y qué beneficio pueden reportarnos esas personas salvo el de arrendar nuestras casas vacías? Y entre nosotras, le confieso que me parecen unos necios por no quedarse en sus casas. Pero si pudiésemos conseguir que mandaran aquí a una joven heredera por cuestiones de salud y le recomendaran tomar leche de burra, yo podría proporcionársela, y en cuanto mejorase un poco, conseguiría que se enamorase de sir Edward.

—Eso sería muy afortunado, sin duda.

—Y la señorita Esther también debe casarse con alguien que posea una buena fortuna. Tiene que pescar un marido rico. ¡Ay, las jóvenes sin dinero son dignas de lástima! Pero —añadió tras una breve pausa—, si la señorita Esther cree que me convencerá para que los invite a Sanditon House, está muy equivocada. Las cosas por aquí no son como eran el verano pasado, ya sabe. Ahora tengo conmigo a la señorita Clara, y eso lo cambia todo.

Lo dijo tan seria que Charlotte enseguida creyó advertir una prueba de auténtica perspicacia y se preparó para oír comentarios mucho más explícitos, pero la dama solo añadió:

—No tengo ningunas ganas de que mi casa se llene de gente como si fuera un hotel. No me gustaría que mis criadas tuvieran que pasarse toda la mañana limpiando dormitorios. Ya tienen que ocuparse de arreglar cada día la habitación de la señorita Clara y la mía. Y si tuvieran más trabajo, querrían cobrar más.

Charlotte no estaba preparada para escuchar objeciones de dicha naturaleza y le resultó tan difícil fingir comprensión que no fue capaz de decir nada. Pero lady Denham enseguida añadió con gran regocijo:

—Además, ¿cree que yo podría llenar mi casa de gente y perjudicar de esa forma a Sanditon? Quien quiera pasar una temporada junto al mar que alquile una casa. Aquí hay muchas casas vacías que son estupendas; en esta misma Terraza hay tres. En este preciso momento estoy viendo tres carteles de propiedades en alquiler, los números tres, cuatro y ocho. Quizá el número ocho, la que está en la esquina, sea demasiado grande para ellos, pero las otras dos son casitas muy acogedoras y muy apropiadas para un joven caballero y su hermana. Le aseguro que la próxima vez que la señorita Esther empiece a hablar de la humedad de Denham Park y de lo bien que le sientan los baños de mar, le aconsejaré que vengan y alquilen una de esas propiedades durante un par de semanas. ¿No le parece completamente justo? Ya sabe que la caridad empieza por uno mismo.

Charlotte se debatía entre la diversión y la indignación, aunque la indignación se llevaba la mayor parte. Se esforzó por poner buena cara y por guardar un educado silencio. Se le estaba acabando la paciencia, así que, sin ninguna intención de seguir escuchándola, consciente de que lady Denham seguía hablando en los mismos términos, permitió que sus pensamientos divagaran de la siguiente forma: «Qué mujer más mezquina. No me esperaba que fuera tan mala. El señor Parker habló de ella con demasiada amabilidad. Es evidente que no se puede confiar en su juicio. Le ciega su bondad. Es demasiado benévolo como para ver con claridad. Debo juzgar por mí misma. Y la relación que tienen sin duda lo perjudica. La ha convencido para que invierta en lo mismo que él y, como comparten el mismo objetivo, él cree que ella piensa como él en todo lo demás. Pero lo cierto es que ella es muy mezquina. No le veo nada de bueno. ¡Pobre señorita Brereton! Esa mujer consigue que todos cuantos la rodean se vuelvan mezquinos. El pobre sir Edward y su hermana… No sabría decir cuán respetables hubiera querido la naturaleza que fueran, pero se ven obligados a ser mezquinos al servirla. Y yo también estoy siendo mezquina por prestarle atención y fingir que coincido con ella. Esto es lo que pasa cuando los ricos son tan ruines».

Capítulo VIII

Las dos damas siguieron paseando hasta que se reencontraron con los demás, quienes, al salir de la biblioteca, iban seguidos del joven Whitby, que corría con cinco libros bajo el brazo hacia el calesín de sir Edward. Y este se acercó a Charlotte y le dijo:

—Ya ve lo que hemos estado haciendo. Mi hermana quería que la ayudara a elegir algunos libros. Tenemos muchas horas libres y leemos en abundancia. No es que yo me dedique a leer novelas indiscriminadamente. Siento un gran desprecio por la basura que se puede encontrar en la biblioteca circulante. Jamás me oirá ensalzar esas creaciones pueriles que no son más que exposiciones de principios discordantes sin ningún sentido o insulsas compilaciones de sucesos cotidianos de los que no se puede extraer ninguna conclusión útil. Es completamente absurdo que pretendamos meterlas en un alambique literario, pues no destilaríamos nada que pudiera aportar algo a la ciencia. Estoy seguro de que entiende a qué me refiero.

—No estoy del todo segura. Pero si es usted tan amable de describir la clase de novelas que sí aprueba, imagino que me haré una idea más clara.

—Por supuesto, bella inquisidora. Las novelas que apruebo son aquellas que exhiben la naturaleza humana con todo su esplendor, las que la

exponen en plena sublimidad de intensos sentimientos, tales como las que hablan de la evolución de intensas pasiones desde su primer germen de incipiente susceptibilidad hasta la máxima energía de una razón semidestronada, donde vemos cómo la intensa chispa de los encantos femeninos provoca tal ardor en el alma de un hombre que arrastra de él, aunque a riesgo de ciertas aberraciones que sobrepasen los estrictos límites de las obligaciones primitivas, a arriesgarlo todo, a desafiarlo todo y a conquistarlo todo hasta conseguirla. Esas son las obras que leo con placer y, espero poder afirmar que con aprovechamiento. En ellas se encuentran los mejores retratos de los conceptos importantes, las opiniones más libres, el ardor infinito y las decisiones más indómitas. E incluso cuando el argumento es básicamente contrario a las elevadas maquinaciones del protagonista, del poderoso y dominante héroe de la historia, nos proporciona cuantiosas emociones generosas por él; se nos para el corazón. Sería pseudofilosófico afirmar que no nos sentimos más atrapados por la genialidad de su vida que por las tranquilas y mórbidas virtudes de cualquier enemigo que pueda tener. Nuestra aprobación de este último es absolutamente caritativa. Esas son las novelas que ahondan en la naturaleza primitiva del corazón y no se puede poner en entredicho el sentido común ni considerar negligente al hombre más antipueril que esté versado en ellas.

—Si le he entendido correctamente —repuso Charlotte—, tenemos un gusto completamente diferente en novelas.

Y en ese momento se vieron obligados a separarse, pues la señorita Denham estaba demasiado cansada de todos ellos como para permanecer allí por más tiempo.

La verdad era que sir Edward, cuyas circunstancias lo habían confinado a permanecer en el mismo sitio, había leído más novelas sentimentales de las que estaba dispuesto a reconocer. Enseguida se había sentido cautivado por los pasajes más apasionados y censurables de Richardson, y todos los autores que habían seguido los pasos de este, por lo que se refiere a la persecución del hombre a la mujer desafiando cualquier buen sentimiento y conveniencia, habían ocupado gran parte de sus horas de lectura y formado su carácter. Con una perversidad de juicio que debía atribuirse al hecho de que no poseyera la naturaleza de una persona muy sensata, para sir Edward, los modales, el espíritu o la sagacidad y la perseverancia propia del villano de la historia superaban todas sus estupideces y atrocidades. Para él, dicha conducta era genuina, apasionada y sentimental. Le interesaba e inflamaba. Y siempre estaba más ansioso por su éxito y se lamentaba de sus fracasos con mayor cariño del que podrían haber contemplado los propios autores.

Aunque debía muchas de sus ideas a esa clase de lecturas, sería injusto decir que no leía nada más o que su lenguaje no estaba formado por un conocimiento más general de la literatura moderna. Leía todos los ensayos, cartas, libros de viajes y críticas literarias de la época, pero lo hacía con la misma falta de juicio que lo conducía a deducir únicamente los falsos principios de las lecciones de moralidad e incentivos de la historia que hubiera elegido, solo interiorizaba palabras grandilocuentes y frases enrevesadas del estilo de los escritores más aclamados.

El principal objetivo de la vida de sir Edward era ser seductor. Con los méritos de los que se sabía poseedor y el talento del que presumía, lo consideraba una obligación. Creía que había nacido para ser un hombre peligroso, muy en la línea de los Lovelace. Estaba convencido de que el nombre de sir Edward poseía cierto grado de fascinación. Ser galante y diligente con las más bellas, obsequiar con agradables discursos a las muchachas hermosas, solo era la parte menos importante del personaje que debía interpretar. Según su visión de la sociedad, él tenía derecho a abordar a la señorita Heywood o a cualquier otra joven que considerase hermosa, a la que haría cumplidos y cortejaría en cuanto la conociera. Sin embargo, solo sentía verdadero interés por Clara; era a Clara a quien pretendía seducir.

Y estaba decidido a conseguirlo. La situación de la dama en todos los sentidos así lo requería. Ella era su rival por los favores de lady Denham, era joven, encantadora y dependiente. Él enseguida se había dado cuenta de la necesidad de dicho caso, y ya llevaba bastante tiempo intentando llamar la atención de su corazón con cautelosa asiduidad, además de minar los principios de la dama. Clara ya se había dado cuenta de sus propósitos y no tenía ninguna intención de dejarse seducir, pero aguantaba sus avances con paciencia para confirmar la clase de afecto que habían provocado sus encantos personales. En realidad, a sir Edward no le había afectado en absoluto que ella lo hubiera desalentado. Estaba armado contra cualquier muestra de desdén o aversión. Si no se la podía ganar mediante el afecto, tendría que secuestrarla. Él sabía cuál era su obligación. Ya había meditado mucho sobre el asunto. Y si se viera obligado a actuar, haría algo nuevo, superaría a aquellos que habían fracasado antes que él, y sentía mucha curiosidad por confirmar si habría en Tombuctú alguna casa solitaria apta para recibir a Clara. ¡Pero qué desembolso! Las medidas requeridas por ese señorial estilo no estaban al alcance de su bolsillo, y la prudencia lo obligaba a preferir un género de ruina y desgracia para su amada más discreto que otros más llamativos.

Capítulo IX

Un día, poco después de su llegada a Sanditon, Charlotte tuvo el placer de descubrir, justo cuando subía de la playa a la Terraza, el carruaje de un caballero con caballos de postas justo delante de la puerta del hotel. Parecía que acababa de llegar y, por la cantidad de equipaje que estaban descargando del vehículo, cabía esperar que perteneciese a alguna familia respetable decidida a quedarse una buena temporada.

Encantada de tener tan buenas noticias para el señor y la señora Parker, quienes habían regresado a casa hacía ya un buen rato, la joven se encaminó hacia Trafalgar House con toda la celeridad de la que fue capaz después de haber pasado las dos últimas horas peleando contra la brisa que soplaba directamente contra la costa. Pero antes de llegar al pequeño jardín de la casa, vio a una dama que la seguía con agilidad no muy lejos de ella; y convencida como estaba de que no podía conocerla, Charlotte decidió apresurarse y, de ser posible, llegar a la casa antes que ella. Sin embargo, el rápido paso de aquella desconocida no se lo permitió. Cuando llegó a los escalones de la entrada, Charlotte llamó a la puerta, pero antes de que abriese, la dama cruzó el jardín y, cuando apareció el sirviente, ambas estaban preparadas para entrar a la casa.

La confianza con la que se comportaba aquella dama, la forma en que dijo: «¿Cómo está, Morgan?», y la cara que puso Morgan al verla, sorprendieron mucho a Charlotte, pero enseguida apareció el señor Parker en el vestíbulo para recibir a su hermana, a la que había visto llegar desde el salón, y enseguida presentó a Charlotte a la señorita Diana Parker. Su llegada causó una gran sorpresa, pero la alegría fue mayor. Y tanto marido como esposa la recibieron con sumo cariño. «¿Cómo has venido?, ¿y con quién?». ¡Y qué contentos estaban de ver que había tenido fuerzas para hacer aquel viaje! Y todos dieron por sentado que se quedaría con ellos.

La señorita Diana Parker tendría unos treinta y cuatro años, era de estatura media y delgada. Tenía un aspecto más delicado que enfermizo. Poseía un rostro agradable y una mirada muy despierta, y compartía los mismos modales que su hermano en su sencillez y sinceridad, aunque ella hablaba con más decisión y menos delicadeza. Enseguida empezó a explicarse. Les agradeció la invitación, pero no sería posible, pues habían ido los tres con la intención de alquilar una casa y quedarse una temporada.

—¿Habéis venido los tres? ¿Cómo? ¡Susan y Arthur también! ¡Susan también ha sido capaz de venir! Esto se pone cada vez mejor.

—Sí, hemos venido todos. Ha sido bastante inevitable. No podíamos hacer otra cosa. Enseguida te lo explico todo. Pero, querida Mary, manda llamar a los niños, que estoy deseando verlos.

—¿Y cómo ha llevado Susan el viaje? ¿Y cómo está Arthur? ¿Por qué no están aquí contigo?

—Susan lo ha llevado estupendamente. No había pegado ojo ni la noche antes de partir ni la anterior en Chichester, y como eso no es tan habitual en ella como lo es para mí, yo tenía mucho miedo por ella. Pero lo ha llevado maravillosamente. No ha sufrido ningún ataque de histeria importante hasta que ya estábamos llegando al viejo Sanditon, y no ha sido un ataque muy agudo, prácticamente se le había pasado cuando hemos llegado al hotel, por lo que hemos podido bajarla del carruaje estupendamente bien solo con ayuda del señor Woodcock. Y cuando me he separado de ella, Susan estaba dando instrucciones para la colocación del equipaje y ayudando al viejo Sam a desatar los baúles. Me ha pedido que os transmita todo su cariño mientras se lamentaba de estar demasiado débil para poder acompañarme. Y en cuanto al pobre Arthur, no es que se mostrase reacio a acompañarme, pero soplaba tanto viento que no me ha parecido que fuera lo más recomendable para él, pues estoy convencida de que le está rondando el lumbago; así que le he ayudado a ponerse el gabán y lo he mandado a la Terraza a buscarnos alojamiento. La señorita Heywood ha debido de haber visto nuestro carruaje en la puerta del hotel. La he reconocido en cuanto la he visto delante de mí en la colina. Querido Tom, cuánto me alegro de ver que caminas tan bien. Deja que te toque el tobillo... Qué bien; se ve estupendamente. Apenas tienes los tendones afectados, casi ni se nota. Bien, ahora ya puedo explicaros por qué estoy aquí. Ya te hablé en mi carta acerca de las dos familias de cierta consideración cuya presencia esperaba poder proporcionarte, los antillanos y los del internado.

El señor Parker acercó más la silla a su hermana y la tomó de la mano con cariño mientras contestaba:

—Sí, sí, ¡qué activa y considerada has sido!

—Los antillanos —prosiguió—, a los que yo considero los más deseables de los dos, pues son lo mejor de lo mejor, son la señora Griffiths y su familia. Yo solo los conozco por terceras personas. Ya me habrás oído mencionar en alguna ocasión a una tal señorita Capper, íntima amiga de mi íntima amiga, Fanny Noyce. Bien, resulta que la señorita Capper es íntima amiga de una tal señora Darling, que mantiene una estrecha correspondencia con la señora Griffiths. Como ves, solo nos separa una corta cadena de relaciones a la que no le falta ni un solo eslabón. La señora Griffiths quería ir a algún lugar con mar pensando en el beneficio de sus hijos, y había decidido ir a algún enclave de la costa de Sussex, pero todavía no había decidido exactamente dónde, pues quería que fuera un rincón tranquilo, y escribió a su amiga, la señora Darling, para pedirle su opinión. Se dio la casualidad de que cuando llegó la carta de la señora Griffiths, la señorita Capper estaba de visita precisamente en casa de la señora Darling, y también pidieron su opinión sobre el asunto. Esta escribió ese mismo día a Fanny Noyce y se lo mencionó; y Fanny, que nos tiene mucho cariño, enseguida tomó la pluma y me informó de todo sin mencionar ningún nombre, de los que me enteré hace

79

poco. No podía hacer otra cosa que responder la carta de Fanny a vuelta de correo y pedirle encarecidamente que les recomendara Sanditon. Fanny temió que quizá no dispusieras de una casa lo suficientemente grande como para acomodar a una familia como esa... Disculpad, me parece que estoy divagando. Pero enseguida veréis cómo se resolvió todo. Poco después tuve la suerte de enterarme, mediante la misma cadena de contactos, de que la señora Darling había recomendado Sanditon y de que los antillanos estaban decididos a venir. Y así estaban las cosas cuando te escribí. Pero hace dos días —sí, fue anteayer—, volví a tener noticias de Fanny Noyce, quien me decía que la señorita Capper se había enterado, por una carta de la señora Darling, que tenía entendido que la señora Griffiths le había expresado a esta última por carta sus dudas sobre visitar Sanditon. ¿Me estoy explicando con claridad? Nada me horroriza más que no expresarme con claridad.

—Perfectamente, hermana. Perfectamente. ¿Y bien?

—El motivo de esa indecisión era que no tenía ningún conocido aquí y ningún modo de asegurarse de que dispondría de un buen alojamiento una vez llegase; cosa que le preocupaba especialmente por el bien de una tal señorita Lambe (una joven —probablemente una sobrina— que tiene a su cuidado), más que por ella misma o por sus hijas. La señorita Lambe posee una vasta fortuna, es más rica que las demás, y está delicada de salud. Esto enseguida da a entender la clase de mujer que debe de ser la señora Griffiths: todo lo inútil e indolente que puede llegar a volvernos la riqueza y un clima cálido. Aunque no todos nacemos con la misma energía. ¿Qué podía hacerse? Por un momento estuve dudando entre escribirte a ti o a la señora Whitby para que les encontraseis un alojamiento adecuado, pero ninguna de las dos opciones me complacía. No me gusta pedir ayuda a otros cuando puedo hacer las cosas yo misma, y mi conciencia me decía que la ocasión me requería. Tenía ante mí a una familia de desvalidos y desamparados a los que yo podía servir de mucha ayuda. Sondeé a Susan y resultó que ella había pensado exactamente lo mismo que yo. Como Arthur tampoco puso ninguna objeción, enseguida lo planificamos todo y salimos ayer a las seis de la mañana, y hoy hemos partido de Chichester a la misma hora, y aquí estamos.

—¡Magnífico! ¡Magnífico! —exclamó el señor Parker—. Diana, eres única cuando se trata de ayudar a tus amigos y hacer el bien. No conozco a nadie como tú. Mary, amor mío, ¿verdad que es maravillosa? Bien, veamos, ¿qué casa has pensado que podemos ofrecerles? ¿Cuántos miembros tiene la familia?

—No lo sé —repuso su hermana—, no tengo la menor idea, no conozco los detalles, pero estoy convencida de que la casa más grande de Sanditon no será lo bastante espaciosa. Es muy probable que necesiten una segunda residencia. Sin embargo, yo les reservaré solo una, y únicamente para una semana. Señorita Heywood, me parece que la estoy dejando atónita. No sabe qué pensar de mí. Por la cara que pone me doy cuenta de que no está acostumbrada a medidas tan precipitadas.

Por la cabeza de Charlotte acababan de pasar las palabras «¡inexplicable entrometida!» y «¡actividad de locos!», pero no le costó responder de forma civilizada.

—Supongo que estoy sorprendida —reconoció—, pues veo que se está tomando muchas molestias y sé muy bien lo enfermas que están tanto usted como su hermana.

—Ya lo creo que estamos enfermas. No creo que haya en Inglaterra tres personas con más derecho a ese apelativo. Pero, querida señorita Heywood, todos venimos a este mundo para resultar lo más útiles posible, y cuando una persona tiene la energía suficiente, un cuerpo débil no puede servirnos de excusa. El mundo se divide en personas débiles y fuertes; entre personas capaces de actuar y las que no; y los que sí pueden hacerlo tienen la imperiosa obligación de no dejar pasar ninguna oportunidad de resultar útiles. Por suerte, tanto las dolencias de mi hermana como las mías no son de una naturaleza que amenace nuestras vidas de forma inmediata. Y mientras tengamos fuerzas para seguir resultando de utilidad para otras personas, estoy convencida de que es mucho mejor para el cuerpo gracias a lo mucho que se estimula la mente al cumplir con dicho deber. Mientras viajaba, con la cabeza puesta en ese objetivo, me encontraba perfectamente.

La aparición de los niños puso fin al pequeño panegírico acerca de su propio carácter, y tras haberlos saludado y abrazado a todos, se dispuso a partir.

—¿No te quedas a cenar con nosotros? ¿No podemos convencerte para que te quedes? —fue la petición unánime. Y cuando ella se negó rotundamente, este se convirtió en—: ¿Y cuándo volveremos a verte? ¿Y cómo podemos ayudarte?

Y el señor Parker le ofreció su ayuda para encontrar casa para la señora Griffiths.

—Me reuniré con vosotros en cuanto termine de cenar —afirmó—, e iremos juntos.

Pero su ofrecimiento fue declinado de inmediato.

—No, querido Tom, bajo ningún concepto permitiré que muevas un dedo para hacer algo que me corresponde a mí. Tu tobillo necesita reposo. Por la posición de tu pie veo que ya lo has estado utilizando demasiado. No, no, iré directamente a ocuparme del asunto de la casa. Hemos pedido que nos sirvan la cena a las seis, y espero haberlo zanjado para entonces. Son solo las cuatro y media. En cuanto a la posibilidad de que podamos volver a vernos hoy, no puedo asegurarlo. Los demás pasarán toda la tarde en el hotel y estarán encantados de verte en cualquier momento, pero en cuanto yo regrese y le pregunte a Arthur qué alojamiento nos ha conseguido, es muy probable que tenga que volver a salir en cuanto termine de cenar a ocuparme de ese asunto, pues esperamos habernos instalado en un sitio u otro antes del desayuno de mañana. No tengo mucha confianza en las habilidades del pobre Arthur para encontrar alojamiento, pero me ha dado la impresión de que le apetecía encargarse de ello.

—Creo que te estás esforzando demasiado —dijo el señor Parker—. Vas a acabar agotada. No deberías volver a salir después de cenar.

—Desde luego que no —añadió su esposa—, pues eso de la cena no es más que un concepto para todos vosotros y no os hace ningún bien. Ya conozco vuestro apetito.

—Te aseguro que mi apetito ha mejorado mucho últimamente. He estado tomando unos tónicos que me he preparado yo misma que me han ido de maravilla. Reconozco que Susan no come nunca, y ahora mismo a mí tampoco me apetece nada. Nunca suelo comer nada durante la semana posterior a un viaje. Arthur es el único que siempre tiene apetito. A menudo tenemos que pedirle que se modere.

—Pero no me has explicado nada sobre el otro grupo que vendrá a Sanditon —observó el señor Parker mientras la acompañaba a la puerta—. Las del colegio de Camberwell. ¿Hay posibilidades de que vengan?

—Oh, ya lo creo. Muchas. Lo había olvidado por un momento. Pero hace tres días recibí una carta de mi amiga, la señora de Charles Dupuis, en la que me aseguraba la visita del grupo de Camberwell. No hay duda de que vendrán, y muy pronto. Esa buena mujer —no sé cómo se llama— no es tan rica ni independiente como la señora Griffiths, y puede viajar y decidir por sí misma. Te contaré cómo me puse en contacto con ella. La señora de Charles Dupuis vive casi al lado de una mujer que tiene un pariente que hace poco se ha mudado a Clapham, y que trabaja en el colegio impartiendo clases de elocuencia y bellas letras a las muchachas. Yo le hice llegar a este hombre una liebre de uno de los amigos de Sidney, y él fue quien recomendó Sanditon. Yo no figuraba por ninguna parte; la señora de Charles Dupuis se hizo cargo de todo.

Capítulo X

No había pasado ni una semana desde que el instinto le había dicho a la señorita Diana Parker que en el estado en el que se encontraba en ese momento era muy probable que la brisa marina acabara con ella, y de pronto estaba en Sanditon, con la intención de pasar allí una temporada y sin dar muestra alguna de recordar haber escrito o pensado nada parecido. Charlotte no podía más que sospechar que su estado de salud era, en gran parte, fruto de la imaginación. Los trastornos y las recuperaciones tan fuera de lo normal parecían más fruto de mentes ociosas necesitadas de alguna ocupación que auténticas afecciones y sanaciones. No cabía duda de que los Parker eran una familia imaginativa y apasionada, y mientras el hermano mayor encontraba la forma de desahogarse con sus proyectos inmobiliarios, parecía que las hermanas se vieran empujadas a disipar las suyas inventando extrañas afecciones.

No obstante, era evidente que no dedicaban toda su energía a ello, sino que empleaban parte de esa vivacidad tratando de resultar de utilidad. Parecía que o bien quisieran parecer muy ocupadas ayudando a terceras personas o extremadamente enfermas. Cierta fragilidad natural sumada a una desafortunada afición a la medicina —en especial a la de los curanderos— les había provocado una temprana tendencia a padecer, en diferentes momentos, distintas dolencias; el resto de sus sufrimientos eran obra de la imaginación, la necesidad de destacar y el amor por lo prodigioso. Eran personas bondadosas y con buenos sentimientos, pero ese espíritu incansable y la necesidad de hacer más que nadie contaminaban cualquiera de sus acciones benevolentes, por lo que había vanidad en todo lo que hacían, así como en todo lo que les sucedía.

El señor y la señora Parker pasaron gran parte de la tarde en el hotel, pero Charlotte solo vio dos o tres veces a la señorita Diana por la colina, tratando de conseguir una casa para esa mujer a la que nunca había visto y que jamás le había pedido nada. No conoció a los otros hermanos hasta el día siguiente, cuando, tras instalarse por fin en su alojamiento y encontrándose todavía bastante bien, invitaron a su hermano, a su cuñada y a ella a tomar el té.

Estaban alojados en una de las casas de la Terraza, y Charlotte los encontró instalados para pasar la tarde en un pequeño y pulcro salón desde el que había unas espléndidas vistas del mar, si así lo hubieran querido; sin embargo, a pesar de que habían disfrutado de un hermoso día de verano inglés, no solo no tenían la ventana abierta, sino que el sofá, la mesa y todos los muebles estaban al otro lado de la estancia, junto a un buen fuego. Charlotte recordó que a la señorita Parker le habían extraído tres muelas hacía pocos días y se acercó a saludarla con especial compasión. La joven no era muy distinta de su hermana en apariencia o modales, aunque se la veía más delgada y castigada por las enfermedades y las medicinas, tenía una actitud más relajada y una voz más apagada. No obstante, la muchacha estuvo hablando toda la tarde con tanta energía como Diana; y aunque pasó toda la tarde sentada con las sales en la mano, tomó gotas en dos o tres ocasiones de varios viales que aguardaban sobre la repisa de la chimenea, e hizo muchas muecas y contorsiones, Charlotte no advirtió en ella ningún síntoma de enfermedad que ella misma, acuciada por la audacia de su buena salud, no se hubiera propuesto solucionar apagando el fuego, abriendo la ventana y deshaciéndose de las sales y las gotas. Charlotte había sentido mucha curiosidad por conocer al señor Arthur Parker, y como había imaginado que se trataría de un joven esmirriado y delicado, se asombró al descubrir a un joven tan alto como su hermano y bastante más robusto, fornido y vigoroso, que no daba ninguna impresión de estar enfermo más que por tener la piel del rostro demasiado sudorosa.

No había duda de que Diana era la cabeza de familia y la más activa. Había estado ocupada toda la mañana encargándose de los asuntos de la señora Griffiths y de los suyos propios, y seguía siendo la más activa de los tres. Susan solo había supervisado el traslado desde el hotel y había llevado un par de las pesadas cajas ella misma, y a Arthur le había parecido que el aire era tan frío que se había limitado a trasladarse de un establecimiento a otro lo más rápidamente posible y presumía de llevar un buen rato sentado junto al fuego hasta cocerse bien. Diana, cuyo ejercicio había sido demasiado doméstico como para admitir cálculo alguno, aseguraba llevar siete horas sin sentarse, y reconocía estar un poco cansada. Sin embargo, sus esfuerzos habían dado buenos frutos, pues tras todos esos paseos y dificultades no solo había conseguido procurar una buena casa para la señora Griffiths a ocho guineas por semana, también había llegado a tantos acuerdos con cocineras, doncellas, lavanderas y mozas para asistirla en los baños que cuando llegase la señora Griffiths tendría poco más que hacer un gesto con la mano para reunirlas y elegir. El último esfuerzo que había hecho para la causa fue escribir algunas líneas para informar a la propia señora Griffiths, pues no tenía tiempo para emplear la misma cadena de contactos que había mediado entre ellas hasta entonces, y ahora se vanagloriaba de estar recogiendo los primeros frutos de una amistad tras haber prestado aquel inesperado favor.

Al salir de casa, los señores Parker y Charlotte habían visto dos sillas de posta dirigiéndose al hotel, una agradable imagen que daba pie a un sinfín de especulaciones. Las señoritas Parker y Arthur también habían visto algo; desde la ventana pudieron distinguir que llegaba gente al hotel, pero no sabían de cuántas personas se trataba. Los visitantes habían llegado en dos coches. ¿Se trataría del colegio de Camberwell? No, no. De haber habido un tercer carruaje, podría ser; pero, por lo general, se entendía que todas las integrantes de un seminario no podían caber en dos coches. El señor Parker confiaba en que se tratara de una familia distinta.

Cuando estuvieron todos sentados, después de dedicar unos instantes a observar el mar y el hotel, Charlotte se acomodó junto a Arthur, que estaba sentado junto al fuego con tal gozo que tuvo mucho mérito que pretendiera cederle su sitio a la joven. Ella declinó la oferta sin dejar lugar a ninguna duda de su sinceridad y él volvió a sentarse encantado. Charlotte retiró la silla para utilizar el cuerpo del joven como pantalla, y se sintió muy agradecida por cada centímetro de su espalda y sus hombros, que en nada coincidían con la idea preconcebida que se había hecho de él. Arthur era tan desmañado como aparentaba, pero no era reacio a conversar, y mientras los otros cuatro hablaban entre ellos, enseguida fue evidente que él no lamentaba en absoluto tener al lado a una simpática joven a la que debía prestar cierta atención, por pura cortesía, cosa que su hermano, que percibía su evidente carencia de estímulos y la compañía de alguien que pudiera animarlo, observó con considerable satisfacción.

Tal fue el influjo de la juventud y el encanto de la joven que él empezó incluso a conjurar una especie de disculpa por tener el fuego encendido.

—En casa no lo habríamos encendido —dijo—, pero la brisa marina siempre es muy húmeda. Y no hay nada que me dé más miedo que la humedad.

—Yo soy muy afortunada —repuso Charlotte—, pues nunca sé distinguir si el aire es húmedo o seco. Para mí siempre tiene alguna propiedad saludable y tonificante.

—Yo disfruto del aire tanto como cualquiera —comentó Arthur—. Me gusta mucho asomarme a la ventana cuando no sopla el viento. Pero, por desgracia, la brisa húmeda no me sienta nada bien. Me provoca reumatismo. Imagino que usted no sufre de reúma.

—Qué va, en absoluto.

—Qué suerte tiene. Aunque quizá sea usted nerviosa.

—Me parece que no. No me considero una persona nerviosa.

—Yo soy muy nervioso. A decir verdad, los nervios son el peor de mis males. Mis hermanas piensan que soy bilioso, pero yo dudo que sea eso.

—Está usted en todo derecho de ponerlo en duda.

—Verá, si fuera bilioso el vino me sentaría mal, pero siempre me hace bien. Cuanto más vino bebo con moderación, mejor me encuentro.

Siempre me encuentro mejor por las noches. Si me hubiera visto hoy antes de cenar, me hubiera considerado digno de lástima.

Charlotte no lo dudaba. Sin embargo, mantuvo la compostura y dijo:

—Por lo que tengo entendido acerca de las afectaciones nerviosas, me parece que el aire y el ejercicio regular resultan muy eficaces, y le recomendaría que practicase más del que probablemente esté habituado a hacer.

—Ah, a mí me gusta mucho hacer ejercicio —repuso—, y tengo la intención de pasear mucho durante mi estancia aquí, siempre que el clima sea templado. Pienso salir cada mañana antes de desayunar y dar varios paseos por la Terraza, y le aseguro que me verá a menudo por Trafalgar House.

—¿Quiere decir que visitar Trafalgar House es hacer mucho ejercicio?

—No por lo que a la distancia se refiere, ¡pero está sobre una colina muy empinada! ¡No me cabe duda de que subir esa colina a mediodía me hará sudar muchísimo! Estoy seguro de que llegaré empapado. Yo soy propenso a sudar, y no hay mayor señal de nerviosismo que esa.

Tanto se estaban adentrando en las cuestiones médicas que Charlotte consideró una afortunada interrupción la aparición de la sirvienta con el servicio del té. El joven se distrajo enseguida. Tomó su taza de chocolate de la bandeja —sobre la que parecía haber casi tantas teteras como personas se encontraban en la sala, pues la señorita Parker tomaba una clase de té de hierbas, y la señorita Diana otra distinta—, y se volvió completamente hacia el fuego para calentarlo a su gusto y hacer algunas tostadas de pan que iba dejando en la rejilla una vez hechas; y hasta que no hubo terminado, Charlotte no le oyó decir más que algunos murmullos de aprobación.

Sin embargo, cuando terminó, volvió a colocar su butaca en la galante posición de antes y demostró que no había estado ocupado solo para sí mismo cuando la invitó a tomar un poco de chocolate caliente con tostadas. Ella ya estaba tomando un té, cosa que sorprendió mucho a Arthur, pues había estado completamente absorto en sus quehaceres.

—Pensaba que habría llegado a tiempo —dijo—, pero el chocolate tarda mucho en hervir.

—Se lo agradezco mucho —repuso Charlotte—, pero prefiero el té.

—En ese caso me serviré yo —comentó—. Tomar un buen vaso de chocolate poco espeso cada tarde es lo que mejor me sienta.

No obstante, a ella le sorprendió advertir que, cuando él se sirvió ese chocolate poco espeso, del recipiente brotara un chorro bien oscuro. Y precisamente en ese mismo momento, sus hermanas exclamaron:

—¡Ay, Arthur, cada noche te sale el chocolate más fuerte!

Y cuando le oyó contestar a él: «Sí, esta noche ha quedado algo más fuerte de lo que debería», Charlotte se convenció de que Arthur no estaba tan dispuesto a pasar el hambre que ellas hubieran deseado y como él mismo consideraba necesario. Y sin duda se alegró de desviar la conversación para hablar sobre las tostadas y dejar de prestar atención a sus hermanas.

—Espero que se coma alguna tostada —le dijo—. Me considero un gran tostador de pan. Jamás quemo una tostada, nunca las acerco demasiado al fuego al principio. Y, sin embargo, como puede ver, no ha quedado ni una sola esquina de pan sin dorar. Espero que le gusten las tostadas.

—Siempre que tengan una cantidad de mantequilla razonable, de lo contrario no me gustan —especificó Charlotte.

—A mí tampoco —convino muy complacido—. En ese sentido pensamos igual. Lejos de ser sanas, considero que las tostadas secas son muy malas para el estómago. Sin un poco de mantequilla que las reblandezca, lastiman las paredes del estómago. Estoy convencido de ello. Ahora mismo le unto un poco de mantequilla en la tostada, y después untaré la mía. Le aseguro que son muy malas para las paredes del estómago, pero no hay forma de convencer a ciertas personas. Irritan y actúan como un rallador de nuez moscada.

No obstante, le costó mucho hacerse con la mantequilla, pues sus hermanas le acusaron de comer demasiada y afirmaron que no se podía confiar en él, mientras él aseguraba que solo comía la necesaria para proteger las paredes de su estómago, y, además, solo quería ponerle un poco a la señorita Heywood.

Y esa súplica sí que fue atendida. Arthur consiguió la mantequilla y la extendió por el pan con una precisión que él mismo valoró en demasía. Pero cuando terminó de preparar la tostada de la joven y cogió la suya, Charlotte

91

a duras penas fue capaz de contenerse al ver cómo Arthur miraba a sus hermanas mientras raspaba con celo casi toda la mantequilla que iba poniendo sobre el pan, pero después aprovechaba un momento de distracción de estas para añadir una buena cantidad justo antes de llevarse el pan a la boca. No había duda de que Arthur Parker disfrutaba de la invalidez de un modo muy distinto al de sus hermanas, pues sin duda no era tan espiritual. Él desprendía una evidente trivialidad. Charlotte no pudo menos que sospechar que él había adoptado esa forma de vida principalmente para complacer su propio temperamento indolente, y que estaba decidido a no padecer ninguna enfermedad más que las que precisaban de estancias cálidas y una buena alimentación.

En una cuestión en particular, no obstante, la joven enseguida se percató de que a él se le había pegado algo de ellas.

—¿Cómo? —exclamó Arthur—. ¿Se atreve usted a tomar dos tazas de este té verde tan fuerte la misma tarde? ¡Debe de tener usted unos nervios de acero! No sabe cómo la envidio. Si se me ocurriese tomar siquiera una sola taza, ¿qué efecto cree que tendría sobre mí?

—Quizá pasaría despierto toda la noche —repuso Charlotte tratando de descolocarlo con la magnificencia de sus propias concepciones.

—¡Ay, ojalá solo fuera eso! —exclamó—. No. Para mí es como un veneno que me impide utilizar el lado derecho del cuerpo incluso cinco minutos después de haberlo tomado. Ya sé que parece increíble, pero me ha ocurrido tantas veces que no me cabe duda de que sería así. ¡Me quedo sin poder utilizar el lado derecho del cuerpo durante varias horas!

—Pues sí que suena raro —respondió Charlotte con serenidad—, pero estoy segura de que podrían darle una explicación de lo más sencilla quienes se hayan dedicado a estudiar científicamente el lado derecho del cuerpo y el té verde y los efectos que puedan tener los unos sobre los otros.

Poco después del té, trajeron una carta del hotel para la señorita Diana Parker.

—Es de parte de la señora de Charles Dupuis —anunció ella—, pero no reconozco la letra.

Y tras leer algunas líneas, exclamó en voz alta:

—¡Esto es increíble! ¡Asombroso, sin duda! Las dos se llaman igual. ¡Hay dos señoras Griffiths! Es una carta para recomendarme y presentarme a la dama de Camberwell, y resulta que ella también se apellida Griffiths.

Sin embargo, algunas líneas después, la señorita Parker se ruborizó y añadió muy alterada:

—¡Esto sí que es raro! ¡También hay una señorita Lambe! Una joven antillana de gran fortuna. Pero no puede ser la misma. Es imposible que sea la misma persona.

Leyó la carta en voz alta para que todos pudieran entenderlo. Se trataba de una nota para presentar a la portadora, la señora Griffiths de Camberwell, y a las tres jovencitas que tenía a su cuidado, a la señorita Diana Parker. Como la señora Griffiths no conocía a nadie en Sanditon, esperaba que alguien pudiera presentarla formalmente; y por eso la señora de Charles Dupuis, a instancia de la petición de esa conocida en común, le había hecho llegar esa carta sabiendo que no podía hacerle a su querida Diana mayor cumplido que proporcionarle la posibilidad de resultar de utilidad. «La principal solicitud de la señora Griffiths era encontrar alojamiento para una de las jóvenes a su cuidado, la señorita Lambe, una joven antillana de gran fortuna con la salud delicada».

¡Qué extraño! ¡Y qué insólito! ¡Increíble! Pero todos coincidieron en que era imposible que no hubiera dos familias; quedaba bastante claro teniendo en cuenta las personas totalmente distintas a las que se aludía en los informes. Tenía que haber dos familias. No podía ser de otro modo. No dejaban de repetir una y otra vez con gran ardor que era imposible. La coincidencia accidental de nombres y circunstancias, a pesar de lo asombroso que pudiera resultar al principio, no era tan increíble, y así lo decidieron.

La señorita Diana enseguida halló consuelo para su perplejidad. Debía echarse el chal sobre los hombros y salir de nuevo a toda prisa. A pesar de lo cansada que estaba, debía personarse de inmediato en el hotel para averiguar la verdad y ofrecer sus servicios.

Capítulo XI

No serviría de nada. Por mucho que dijeran los Parker, no podía darse una catástrofe más feliz que el hecho de que la familia de Surrey y la de Camberwell fueran la misma. Las ricas antillanas y el internado de jovencitas habían llegado a Sanditon en aquellos dos coches de posta. La señora Griffiths, que, en manos de su amiga, la señora Darling, dudaba y no sabía si debía hacer el viaje, era la misma señora Griffiths que, coincidiendo en el tiempo y según otra fuente, estaba completamente decidida y no tenía ningún temor o dificultad.

Todo lo que en apariencia tenía de incongruente en los informes sobre ambas familias bien podía atribuirse a la vanidad, la ignorancia o a las equivocaciones de todas las personas implicadas en la causa bajo la vigilancia y diligencia de la señorita Diana Parker. Sus amigas íntimas debían de ser tan hacendosas como ella, y el asunto había generado las cartas, notas y mensajes suficientes como para que todo acabara pareciendo lo que no era. Probablemente la señorita Diana se sintiera mal por tener que ser la primera en admitir su error. No cabía duda de que enseguida debió de pensar que había hecho un largo viaje desde Hampshire para nada, que había decepcionado a su hermano, había alquilado una casa muy cara para toda

una semana, y lo peor de todo debió de ser que se sentiría menos astuta e infalible de lo que se creía.

No obstante, no pareció que nada de eso la preocupara durante mucho tiempo. Había tantas personas para compartir la vergüenza y la culpa que, probablemente, tras asignar las debidas partes a la señora Darling, la señorita Capper, Fanny Noyce, la señora de Charles Dupuis y la vecina de la señora de Charles Dupuis, ya no quedarían más que unas migajas de reproche para ella. En cualquier caso, a la mañana siguiente se la vio andar de un lado para otro con la señora Griffiths en busca de alojamiento, y tan activa como siempre.

La señora Griffiths era una mujer muy educada y cortés que vivía de acoger importantes jovencitas y damiselas que deseaban terminar su educación o que buscaban una casa en la que empezar a exhibirse. Además de las tres jovencitas que la habían acompañado a Sanditon, tenía varias más a su cuidado, pero en ese momento se encontraban ausentes. De esas tres, y en realidad de todas, la señorita Lambe era, sin comparación alguna, la más importante y valiosa, pues le pagaba en proporción a su fortuna. Era una joven medio mulata de unos diecisiete años, delicada y friolera, tenía doncella propia, ocuparía la mejor estancia de la casa y siempre era la principal preocupación de la señora Griffiths en cualquiera de sus planes.

Las otras muchachas, las señoritas Beaufort, eran la clase de jovencitas que se pueden encontrar en al menos una de cada tres familias de todo el reino. Tenían un cutis aceptable, figuras llamativas, un porte decidido y una mirada segura; eran muy refinadas e ignorantes, dedicaban todo su tiempo a la clase de actividades dignas de admiración y se esforzaban y destinaban sus hábiles ingenios a vestir con un estilo muy superior al que podían permitirse. Siempre eran de las primeras en adaptarse a las nuevas modas. Y el objetivo de todo ello siempre era el de cautivar a algún hombre más rico que ellas.

La señora Griffiths había preferido un lugar pequeño y retirado como Sanditon por el bien de la señorita Lambe, mientras que las señoritas Beaufort, que como es natural preferían cualquier cosa antes que una población pequeña y retirada, como durante la primavera se habían visto obligadas a invertir en seis vestidos nuevos para cada una para una visita de tres días, tuvieron que conformarse con Sanditon hasta que cambiasen sus circunstancias. Y allí, tras alquilar un arpa para una y comprar papel de dibujo para la otra, y gracias a las mejores galas de las que ya disponían, se proponían ser muy ahorradoras, muy elegantes y muy recogidas; con la esperanza, por parte de la señorita Beaufort, de recibir los halagos y felicitaciones de todos los que oyeran el sonido de su instrumento al pasar, y por parte de la señorita Letitia, de despertar la curiosidad y el asombro de cuantas personas se acercasen a ella mientras dibujaba; y para ambas, el consuelo de llegar a ser consideradas las dos jóvenes más estilosas del lugar. La presentación de la señora Griffiths a la señorita Diana Parker enseguida les proporcionó una conexión con la familia de Trafalgar House y con los Denham, y las señoritas Beaufort enseguida se sintieron satisfechas con «el círculo en el que se movían en Sanditon», para emplear la frase adecuada, pues hoy en día todo el mundo debe «moverse en un círculo», movimiento rotatorio al que quizá cabría atribuir la torpeza y los pasos en falso de muchos.

Lady Denham tenía otros motivos para visitar a la señora Griffiths aparte de la atención que siempre demostraba a los Parker. En la señorita Lambe vio a la joven enfermiza y rica que había estado esperando, por lo que entabló la relación por el bien de sir Edward y de sus propias burras lecheras. Todavía estaba por verse si aquello complacería al *baronet*, pero por lo que a los animales se refería, la dama enseguida descubrió que todos los beneficios que había calculado fueron en vano. La señora Griffiths no permitía que la señorita Lambe padeciera el menor síntoma de debilidad o alguna enfermedad que pudiera aliviar la leche de burra. La señorita Lambe estaba bajo el «constante cuidado de un doctor con mucha experiencia», y sus prescripciones debían seguirse al pie de la letra. Y a excepción de ciertas píldoras vigorizantes, en las que un primo suyo tenía ciertos intereses, la señora Griffiths jamás se desviaba de las estrictas indicaciones médicas.

La señorita Diana Parker tuvo la satisfacción de acomodar a sus nuevas conocidas en la casa esquinera de la Terraza, y teniendo en cuenta que se encontraba delante de uno de los lugares más concurridos de todo

Sanditon, y que por un lado siempre se veía lo que fuera que estuviera pasando en el hotel, no podía haber mejor sitio para el retiro de las señoritas Beaufort. Y por tanto, mucho antes de haberse hecho con un instrumento o con papel de dibujo, gracias a la frecuencia con la que se asomaban a los ventanales del piso superior para cerrar o abrir las contraventanas, regar alguna maceta del balcón o no mirar nada a través del telescopio, ya habían conseguido atraer más de una mirada y que más de uno se detuviera a observarlas una segunda vez.

Las pequeñas novedades tienen un gran efecto en los lugares recogidos. Las señoritas Beaufort, que no habrían destacado en Brighton, no podían ir a ninguna parte en Sanditon sin hacerse notar. E incluso el señor Arthur Parker, tan poco predispuesto como era a los esfuerzos innecesarios, siempre se marchaba de la Terraza pasando por delante de la casa de la esquina cuando iba de camino a casa de su hermano con la esperanza de poder ver a las señoritas Beaufort, a pesar de que eso le suponía un rodeo de casi medio kilómetro y que se encontraba dos escalones más cuando subía a la colina.

Capítulo XII

Charlotte llevaba diez días en Sanditon sin haber estado nunca en Sanditon House, pues cada vez que se aprestaba a visitar a lady Denham en su casa, se la encontraba antes en algún lugar. Pero en ese momento se disponían a conseguirlo con mayor resolución, a una hora más temprana, de modo que nada pudiera alterar la cortesía que debían a lady Denham ni el entretenimiento de Charlotte.

—Y si la encuentras de buen humor, querida —dijo el señor Parker, que no tenía ninguna intención de acompañarlas—, creo que deberías mencionarle la situación de los pobres Mullins y tantear a su señoría sobre la posibilidad de iniciar una colecta para ellos. No es que a mí me gusten mucho las colectas en sitios como este —pues es como imponer una especie de impuesto a todo el que viene—, pero como lo están pasando muy mal y prácticamente le prometí ayer a la pobre mujer que haría algo por ellos, creo que deberíamos poner en marcha una colecta, y cuanto antes mejor. Y no hay duda de que si el nombre de lady Denham encabeza la lista de donantes sería muy buen comienzo. ¿Verdad que no te importa comentárselo, Mary?

—Claro que lo haré —contestó su mujer—, pero estoy segura de que tú lo harías mucho mejor. Yo no sabré qué decirle.

—Querida Mary —exclamó—, es imposible que no sepas qué decir. No podría ser más sencillo. Solo tienes que exponerle la lamentable situación en la que se encuentra la familia, la petición que me han hecho y que yo estoy dispuesto a iniciar una pequeña colecta para ayudarles, siempre que cuente con la aprobación de ella.

—Es lo más fácil del mundo —apuntó la señorita Diana Parker, que precisamente llegaba de visita en ese momento—. Todo estará dicho y hecho en menos tiempo del que lleváis hablando de ello. Y ya que le hablas de colectas, Mary, te agradecería que le mencionaras a lady Denham un caso muy triste del que me han hablado en unos términos de lo más conmovedores. Hay una pobre mujer en Worcester por la que algunas de mis amigas están muy preocupadas, y yo me he comprometido a reunir todo lo que pueda para ella. ¡Si pudieras mencionarle el caso a lady Denham...! Si se le pide como es debido, ella es capaz de dar. Y estoy convencida de que es la clase de persona que, una vez convencida de abrir el monedero, ya no le importa dar diez guineas que cinco. Por lo que, si crees que está de humor, también podrías hablarle de otra obra benéfica en la que algunas mujeres y yo tenemos muchas esperanzas: la fundación de una organización caritativa en Burton on Trent. Y también está la familia del pobre hombre al que colgaron en York después de los últimos juicios, a pesar de que ya hemos reunido la suma necesaria para sacarlos adelante, pero si lograras que te diese alguna guinea más para ellos, nos vendría estupendamente.

—¡Pero mi querida Diana! —exclamó la señora Parker—. Tengo tantas posibilidades de comentar esas cosas con lady Denham como de echar a volar.

—Pues no entiendo por qué te parece tan difícil. Ojalá pudiera acompañarte. Pero dentro de cinco minutos tengo que estar en casa de la señora Griffiths para animar a la señorita Lambe a darse su primer baño. La pobre está tan asustada que he prometido que iría a apoyarla, y que me metería en el carro de baño con ella si así lo deseaba. Y en cuanto terminemos debo volver corriendo a casa, pues a Susan le van a hacer una sangría con sanguijuelas a la una y eso me tendrá ocupada unas tres horas. Por eso no tengo ni un segundo libre. Además, y en confianza, lo que debería hacer es meterme

102

en la cama, pues apenas soy capaz de tenerme en pie; y cuando le quiten las sanguijuelas, estoy convencida de que las dos nos retiraremos a nuestras respectivas habitaciones durante el resto del día.

—No sabes cuánto lo lamento. Pero, en ese caso, espero que Arthur venga con nosotros.

—Si Arthur me hace caso y sigue mis consejos, también se meterá en la cama, pues si se queda solo, seguro que come y bebe más de lo que debe. Pero ya ves, Mary, que me es imposible acompañarte a casa de lady Denham.

—Pensándolo mejor, Mary —terció su marido—, prefiero que no te molestes en hablarle de los Mullins. Aprovecharé la ocasión para ir a ver a lady Denham yo mismo. Sé muy bien lo mucho que te disgusta comentar según qué temas con personas poco predispuestas.

Al retirar el señor Parker su petición, su hermana no pudo seguir insistiendo en las suyas, que era precisamente lo que él pretendía, pues se había dado cuenta de lo impropias que eran y de las pocas probabilidades de éxito que tendrían. La señora Parker agradeció mucho que la excusaran y partió muy contenta con su amiga y su hija pequeña camino de Sanditon House.

Hacía una mañana densa y brumosa, por lo que, cuando llegaron a lo alto de la colina, tardaron un momento en distinguir qué clase de carruaje era el que subía. A ratos parecía una cosa y luego otra, quizá fuera una calesa o un faetón, tirado por un caballo o por cuatro; y justo cuando estaban a punto de decidir que se trataba de un tándem, los jóvenes ojos de la pequeña Mary distinguieron al cochero y esta anunció:

—¡Es el tío Sidney, mamá! ¡Es él!

Y así era.

Enseguida apareció ante ellas el señor Sidney Parker, que conducía junto a su sirviente en un carruaje muy distinguido, y todos se detuvieron unos minutos. Los Parker siempre se trataban con mucha amabilidad entre ellos, y se produjo un encuentro de lo más agradable entre Sidney y su cuñada, quien enseguida dio por hecho que él se dirigía a Trafalgar House. Sin embargo, él declinó la invitación. Según dijo, «acababa de regresar de

Eastbourne con la intención de pasar dos o tres días, según surgiera, en Sanditon», pero se iba a alojar en el hotel, pues había quedado en reunirse allí con uno o dos amigos.

El resto de la conversación versó sobre las clásicas preguntas y comentarios de rigor, además del amable saludo que el tío dedicó a la pequeña Mary, y la galante reverencia y el debido saludo a la señorita Heywood. Y se separaron quedando en volver a verse algunas horas después. Sidney Parker tendría unos veintisiete o veintiocho años, era muy apuesto, tenía un aire decidido y moderno, y una expresión alegre. El inesperado encuentro dio pie a una agradable conversación durante un buen rato. La señora Parker comentó lo contento que se iba a poner su marido y el prestigio que la llegada de Sidney le daría al lugar.

El camino que conducía a Sanditon House era un sendero ancho y hermoso que se abría paso entre los campos de siembra, que conducía al parque tras unos cuatrocientos metros y una segunda verja, terrenos que, a pesar de no ser muy extensos, sí que poseían toda la belleza y respetabilidad que podía proporcionar la abundancia de sus hermosos árboles. La verja de entrada estaba tan cerca de la esquina del parque, tan pegada al límite del terreno, que una valla exterior se internaba en el camino, hasta que un ángulo aquí y una curva allí la volvía a separar de este. La cerca era una estupenda empalizada en excelentes condiciones, con grupos de magníficos olmos o hileras de viejos zarzales que reseguían su contorno casi por todas partes.

Y es importante recalcar que casi era así, pues se abrían algunos espacios, y a través de uno de estos huecos, Charlotte, en cuanto entraron en el cercado, vislumbró por encima de la empalizada algo blanco y femenino en el campo que se extendía al otro lado. Se trataba de algo que enseguida le recordó a la señorita Brereton; y cuando se aproximó a la cerca vio, sin lugar a dudas y con toda claridad a pesar de la bruma, a la señorita Brereton sentada no muy lejos de allí y a los pies de la ladera, que descendía por el otro lado de la empalizada y bordeaba un estrecho camino: la señorita Brereton estaba allí sentada, aparentemente muy tranquila, con sir Edward Denham a su lado.

Estaban tan cerca el uno del otro y parecían tan enfrascados en su agradable conversación que Charlotte enseguida comprendió que lo mejor que

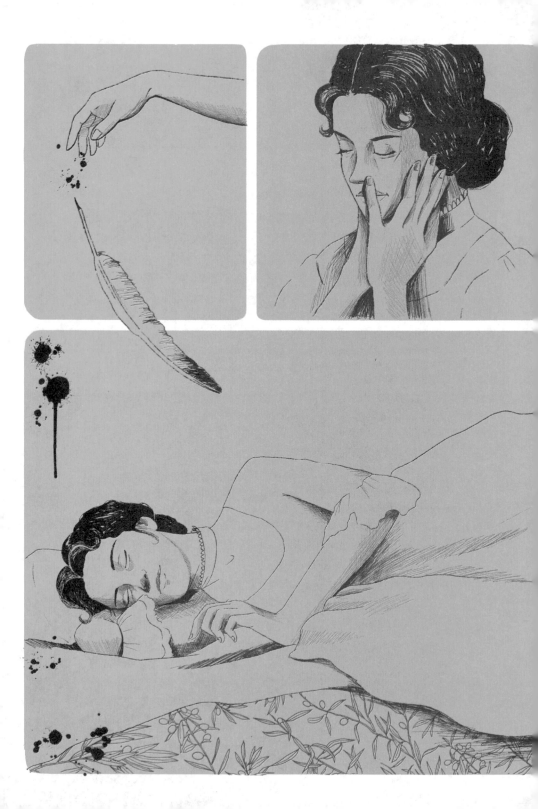

podía hacer era darse media vuelta sin decir una sola palabra. No había duda de que querían intimidad. No pudo evitar considerarlo poco acertado por parte de Clara, aunque la joven estaba en una situación que no debía juzgarse con mucha severidad.

Se alegró de advertir que la señora Parker no se había dado cuenta de nada. Si Charlotte no hubiera sido considerablemente más alta que ella, es posible que las cintas blancas de la señorita Brereton no hubieran captado la atención de sus observadores ojos. Entre las reflexiones morales que le inspiró el descubrimiento de este *tête-à-tête*, Charlotte no pudo evitar pensar en las grandes dificultades a las que deberían de enfrentarse los amantes secretos para encontrar sitios donde verse a solas. Es posible que hubieran creído que allí estaban perfectamente a salvo de ser vistos: tenían el campo abierto ante ellos, a la espalda quedaba una ladera empinada y una empalizada que nunca cruzaba nadie, y, además, contaban con la ayuda adicional de la espesa bruma de la mañana. Y, sin embargo, ella los había visto. No les había servido de mucho.

La casa era espaciosa y muy hermosa. Enseguida aparecieron dos sirvientes para recibirlas y todo desprendía aire de corrección y orden. Lady Denham valoraba mucho su espectacular residencia y se vanagloriaba de la armonía e importancia de su estilo de vida. Las hicieron pasar al salón habitual, un espacio de la proporción adecuada y muy bien amueblado, aunque se trataba de unos muebles extremadamente bien conservados más que nuevos y ostentosos. Y como lady Denham todavía no estaba allí, Charlotte tuvo tiempo de examinarlo todo y de escuchar decir a la señora Parker que el retrato de cuerpo entero del caballero que colgaba sobre la repisa de la chimenea y que enseguida llamaba la atención era el de sir Henry Denham, y que entre las muchas miniaturas que había en otra zona de la estancia, y menos llamativas, estaba representado el señor Hollis. ¡Pobre señor Hollis! Era imposible no sentir pena por él al considerarlo relegado en su propia casa y ver que sir Harry Denham siempre ocupaba el mejor lugar, junto al fuego.

Fin de *Sanditon,* la novela inacabada de Jane Austen.

fire constantly occupied by Sir H. D.

March 18.

*Última página del manuscrito original de *Sanditon*.